"一带一路"大型系列丛书

总策划　戴佩丽
主　编　孙春光

贾永红 ◎ 著

新疆是个好地方

我在喀什当农民

中央民族大学出版社
China Minzu University Press

图书在版编目（CIP）数据

我在喀什当农民 / 贾永红著. —北京：中央民族大学出版社，2021.4（2022.7 重印）
（"一带一路"大型系列丛书. 新疆是个好地方. 第三辑）
ISBN 978-7-5660-1898-4

Ⅰ.①我… Ⅱ.①贾… Ⅲ.①散文集—中国—当代 Ⅳ.①I267

中国版本图书馆 CIP 数据核字（2021）第 025569 号

我在喀什当农民

著　　者	贾永红
责任编辑	戴佩丽
责任校对	肖俊俊
封面设计	舒刚卫

出版发行　中央民族大学出版社

北京市海淀区中关村南大街 27 号　　邮编：100081

电话：（010）68472815（发行部）　　传真：（010）68933757（发行部）
　　　（010）68932218（总编室）　　　　　 （010）68932447（办公室）

经 销 者	全国各地新华书店
印 刷 厂	北京鑫宇图源印刷科技有限公司
开　　本	787×1092　1/16　印张：15.75
字　　数	210 千字
版　　次	2021 年 4 月第 1 版　2022 年 7 月第 2 次印刷
书　　号	ISBN 978-7-5660-1898-4
定　　价	63.00 元

目 录

“一带一路”大型系列丛书
——新疆是个好地方

2016年，我注定会和这个名叫曲云其的村庄扯上一种说不清也道不明的关系。我将会成为这个村庄的一个普通的村民，吃喝拉撒，都将发生在这个村庄。从此一刻起，无论村庄对我表现的是怎样的一种姿态，欢迎或不欢迎，我都要把自己看作村庄的一分子，在这儿思想，在这儿寻亲，在这儿种植，在这儿守望生命的四季。

——题记

絮语

1

总算是到家了 —— 南疆喀什我的新家。

如果，你愿意和我这个农民了解一些关于农民的事情，请记下我的新居地址：新疆喀什地区疏附县萨依巴格乡曲云其村，或者就按村庄的习称萨依巴格乡12大队。

现在，我分上了属于我的房间。它就在村委会的后院，我的左邻右舍和我一样，都是这个村庄新来的居民，从东至西，依次是我 —— 贾永红（汉族）、努尔默罕默德·祖农（维吾尔族，驻村工作队队长，以下简称努尔）、艾布拉江（维吾尔族）、邱建民（汉族，工作队副队长）、王骞

（汉族）、邓康处（汉族）。

努尔队长站在走廊对大伙儿说："房子分给大家了，今天就不安排别的活儿了，大家就收拾一下自己的房间吧！唯一的要求是，你们要让自己的这间屋子看着干干净净漂漂亮亮，住起来舒舒坦坦，拥有一个好的生活和工作环境。"

队长话落，大伙各自进入自己的新居。

我亦是，扫灰，抹桌，拖地，摆家具。先给简易书柜、钢丝床、热水器、电脑桌定位；再铺床垫，贴壁纸，挂窗帘，套被子和枕头。喔，还有一把足够雅致的竹藤椅。

自己动手，规整杂物，量力而行地弄一阵，让屋子变个样。虽累，但心里舒坦。

活着这件事儿，说到底，大多数时候是要给自己看的。别人看得见什么?! 别人大概只能看见面上的光鲜亮丽，里子才是自己的。这叫实在。

我是个不大讲究的人，不喜欢华而不实摆样子。从乌鲁木齐来时所带物件儿，都是觉得能用就成。不夸张，不做作，不标新立异。现在，就用简易书柜收拢下带来的书刊，它们才是我的尊客，所以必须要给它们安个家，也算没有辜负和它们相聚一场的缘分。好在，窗前有树，不止一棵，院里还有花草，蓬勃一隅春色。屋里屋外，简洁干净。

房子不大，一人独居。这样，人和屋子仿佛才在一处。我不喜欢房子的空和阔大，在人周围流荡。人处其中，免不了空寂。而安静深广，恰似人生底色。现在，自我欣赏，咋看都觉得好。

其实，房子和人心一样，不能堆放太多东西，须是简朴点好。多了，就会觉得拥挤，拥挤总是不好的一件事儿 —— 它会让人心里压抑。想想啊！人，不过世上闲走一遭，又何苦要那么多行李？

歇着的时候，翻几页书，给心灵一点给养。

2

走进曲云其，走进这个以维吾尔人组成的村庄，我的双目总是充满了新鲜和好奇。我试图在搜寻曾经的体验，我知道这儿不是我的故乡商洛，更不会是生养了我的那个老君殿贾寨村。但我固执地认为，村庄与村庄都应该是一样的，以至于我们脚下的土地根本不会有质的区别。但凡村庄，从来对人没有设防。正如一条路，人走过都会留有痕迹，鞋子粘的都是一样的泥土。

城里个别无知的人，总会对乡下人说你们农村如何如何，岂不知他们的祖先也是从某个村庄走出去的。所以，我始终认为，村庄就是我们的列祖列宗给后辈们编织的摇篮，谁也不可以轻蔑它！我们的血脉里都流淌着它的血液，保存有它的生命密码。

在曲云其村，我全身松散，没有陶公"采菊东篱下"的悠然。我无法平静、自在，伏在我离开多年而让我亲近、心头灼热的村庄。让我感受到了久违的那种与土地、村庄的亲近，一种百求不得的愉悦便在心里油然而生。我在想，乡村、土地，此乃我们的万生之母啊！虽说她子孙满堂，但却永远不会衰老；而她的乳汁总是源源不断地流淌着，并汇集成河，滋润了在她腹背上生息的万千生灵。

在曲云其，在这儿，我和所有的维吾尔族老乡一样，将得到所需的全部。此时此刻，我突然悟到一个人长大了，不管他如何信誓旦旦，任他东奔西突，他依然永远也越不过这片土地，谁也离不开村庄，是土地连接了人的血脉，人的整个世界其实都是从土地上生长并延伸出来的。

3

面对曲云其 —— 我也可以算作一种归来么？

我以为，一个人只要归来就会被深深地感动。

这好比一棵树，它在一方泥土里萌生，它的一切都来源于这里。这是我们一生都探究不尽的一个源路。

人，实际上不过是一棵会走动的树罢了！他的激动，乃至欲望，都是这片土地所给予的。我们都曾经与四周的那丛绿一起欢畅地呼吸，也一起蓬蓬勃勃地生长。多少年过去了，再回头看旧时的这些景物，我们就会发现虽说时间改变了很多，但又似乎一点儿也没改变。依然是绿色与裸土并存，枯树与长藤缠绕；甚或，某棵我们童年看到的老树与荫蔽里栖息着的翅膀都隐约可见；还有那一把把向土地磕头的镢头或坎土曼、一生都在笔直行走的犁铧以及它们衔着的鸟语花香……它们依然是那样美丽如初。

有关村庄的一切之一切，在我看来都是那么熟悉、鲜活、亲切、生动，它们与我有关！现在，我也常常思考，一个人若想归来寻找，只要他认真地寻找就能如愿。这是多么奇怪而又多么朴素的原理啊！

4

曲云其？

最初，我以为这是个维吾尔人的名字。但这个判断很快就被努尔队长否定了！炉火打铁的情景代表了这个名词。

曲云其不是人名！

它是喀什疏附县萨依巴格乡的一个普通的维吾尔人村庄，农业厅第三批"访惠聚"工作队队长努尔同志在我们从乌鲁木齐临出发时告诉我说——曲云其嘛，就是铁匠铺的意思！明白了？"加娃比尼，比兰木色孜。"（知道吗这就是答案）

它就是我们马上要去的那个村庄。

关于铁匠铺，至今记忆深刻。

小的时候，我常去村南边靠近丹江的一个铁匠铺，铁匠铺的铁匠名叫贾文作，我还听村里人说过他是从抗美援朝战场上回来的荣誉军人，他的辈分当然比我高，我得叫他文作爷。每次去，他都会叫我站到安全的地方看他打铁。一把钳子把块铁牢牢地钳住，炉火映红他的脸，油黑闪亮，两只眼睛紧紧地盯着火候，老练的目光反反复复，捶打着一块铁。铁锤下去，火星四溅，文作爷一边呵呵笑，铁在他丁零当啷地敲打下，成了开门的钥匙，成了割草割麦的镰刀，成了深入土地的犁铧，成了庄稼人手中的各种生产工具。

那时候，文作爷在村里是我最最钦佩的一个人了！一块锈迹斑斑的铁，你若交给他，他就如同握住了一块面团，一锤子砸下去，铁就死了，再一锤砸下去，铁又活过来了，定数都在文作爷的心里。火候不到，他就不会停止捶打，叮叮当当的敲击声，诉说着他的欢乐与悲凉。

5

曲云其 —— 铁匠铺？这多少让我有点诧异。

其实我也知道，南疆环塔里木盆地的大部分地区，维吾尔村庄的名字大都被智慧的维吾尔族同胞赋予了各种美好、浪漫的寓意。在南疆四地州，一草、一树、一沙、一渠、一沟、一梁等等；但凡自然界的一切，都会被质朴的维吾尔族同胞给它们赋予一种美好的称谓。这好比某一位少女，生来就会被自己的长辈冠以"古丽"之称。

古丽 —— 她的本意就是一朵娇艳美丽的花儿啊！

大约如此，一片沙井子，一道沙梁子，甚或一溜子杨树，一湾子果林，就可以衍生出诸如勤劳的、质朴的、美好的、历史的、活灵活现的气息。倘若在南疆盆地行走，村村户户，各种各样的植物，都能让人在不知不觉中感受到最深刻或最强烈的生的力量，这包括自然界各种各样的寂静

（譬如风的声音、阳光的普照、水的流动，甚或月下的虫鸣，等等），就那么美好地呈现在我们面前，甚或渗入我们的思想。

我已经少有这种机会来体会诸多的想象了。

我在新疆40余年，其间曾到访过南北疆绝大部分县市乃至最基层村组。即便如此，那也只能称作走马观花罢了！而我所看到的、了解到的不过是某些表面上的东西，作为实物的山川地貌，作为虚物的民俗文化，我想在2016年这一整年的驻村时间里，足以让我抵达精神上的永恒。

譬如，这个和铁匠铺有着千丝万缕联系的曲云其村。

还在去年开春的季节，我应自治区党委组织部"访惠聚"办公室的邀请，参与了统编第一批驻村工作队员所撰写的驻村日记、驻村故事等系列丛书任务。读着驻村干部用自己真情实感写的文字以及他们全心全意为人民服务的精神，包括文字中所展现的人性中最本真的东西，等等；无不使人为之动容！

这些亲力亲为的文字，这些面向泥土的篇章，无不让我为之震撼，为之着迷，为之心生敬畏！以至于从那时起，我就决心跟随第三批"访惠聚"大军走向南疆，奔赴基层，流连忘返于乡野田间。

此刻，我要说的是，亲爱的曲云其，这个春天我来了！在约定的日子、约定的地方，我们携带了真诚！

壹

关于南疆乡村，我自以为是熟悉的。

现在，当我走近曲云其，走进这个美丽的维吾尔人村庄，首先让我看到的是天蓝蓝，鸟翩翩，乡村公路两边挤满了密密匝匝的树，有的在向我们招手，有的似在喃喃细语，有的就像亭亭玉立的少女且略显羞涩，而钻天杨就像仪仗队似的，它们一棵一棵昂首挺立，且排列成行。当下心想：莫非它们在向我们工作队致敬么？

但我是知道的，维吾尔人嗜树如命，尤其是南疆各地州，每到春天，植树造林已经成了乡村工作中必不可少的一项任务，这样的事儿几乎不用动员，也是乡村中最波澜壮阔的一道风景。看到这种情景，我会浮想联翩……

曾读唐朝，自然就会想到大诗人王维。

唐开元二十五年，诗人身负朝廷使命前往边塞，天极阔，树极少，风欲止，阳光如瀑，大漠长河，绵延在眼的是漫长的日子，于是他仰天叹曰：大漠孤烟直，长河落日圆！这么一个"圆"字，深藏了诗人几多的落寞？

曲云其村历史上有无铁匠铺？

初来乍到，不得而知。

但我猜想，既然这个村庄的名字与铁匠铺有关，那应该不是浪得虚名吧？就像那些在时间长河中流传下来的东西，比如一座碑，其本质上属于那种能够和时间进行一定对抗的材质，自它竖立在某个地方伊始，就会遭受风侵雨蚀，而它的矗立，却又支撑着人们对它的尊重和崇敬。

我想象得出，曲云其村的每家每户所用的坎土曼，包括春耕时所用的犁铧，都应该出自村里某个铁匠之手。

现在正是初春季节，寒冷渐渐退却，而蛰伏在泥土里那些众多微小的生命，正等待着春回大地的钟声敲响。毕竟春天来了，泥土就是泥土，它有着本来的颜色，君不见大地的舌苔上正涌动着生命话语，那些生长在大地上的植物也都在悄悄地发出复苏的声音。泥土在我们之外，耸立；泥土也在我们内心，沉淀。泥土，也令我们着迷和敬畏！我们在这儿可以看到最美好的一种花儿——"犁花"！

请注意，我说的"犁花"不是梨花。

按理，春已始，东风来，蛰虫起，一切都该蓬蓬勃勃地热闹起来。然而，喀什这地方比不了南方！它属于新疆，是在大西北的天边啊！

这个季节仍处在寒冷的日子，真要看到"犁花"须要万千耐心地等待，"犁花"还在襁褓里。

春天当然是开花的季节，如是在南方，这会儿早就是草长莺飞、百花盛开了。但是，我要告诉诸位的是，"犁花"在这儿却一点儿也不会迟到，它真实地盛开在庄稼人的心田，尽管它在花科中没有自己的名分，但却真实地存在于南疆盆地，存在于曲云其村的庄稼地里，每当春天来临的时候，曲云其村的父老乡亲们就扛着坎土曼，开着拖拉机（拖拉机已经取代了曾经擅长耕地的老牛），于是，我看到了一种花开的景象——

随着坎土曼的起起落落，以及大面积农田里挂着犁铧的拖拉机来来回回，我们就看到了花开的样子，听得见花开的声音。君不闻，那突突突的拖拉机声音不正是"犁花"盛开的声音么？

如果你跟着犁铧走，脚踩下去，松软得一踩一个脚窝，有鸟儿在地埂的树上呢喃不休。天地之间，都在发酵，草木、麦苗、土地、空气，乃至感觉村庄都蓬松了；那花儿让你感受到了它的温柔、绵软，黑黑黄黄的"犁花"，会让你有一种无法言喻的舒坦。

真的，我无法用语言来描述这样一种花儿的魅力！

这也是初春季节我在曲云其看到的乡村最美的村景。

某日，我们驻村工作队员一起去维吾尔人家看庭院经济大棚，不经意间我看到一株蒲公英从草丛里探头探脑地露出脸来，于是蹲下来向她问好，她居然朝着我露出嫣然笑容。

寻着太阳的方向，院墙根有几株我叫不出名来的树上呼啦一声，一群鸟儿竟把裹挟在羽翼下的几缕春风轻而易举地带走了。

其实，我们脚下满是春的栖所，不用太多地张望，就可以感知眼前有一幅孕妇般的画面，是中国最美乡村的景色！

贰

现在，我得让读者认识一下曲云其村几位给我印象深刻的干部。

吾布力·帕里图，他是我们村的村委会主任。

刚进村的时候，他站在村委会大院门口等候着我们，见了面跟我们一一握手，自报家门，我 —— 吾布力·帕里图！

今天，努尔队长招呼我们大家骑自行车去做家访，为了方便工作，单位给我们每人配置了一辆永久牌自行车，20世纪60年代，一辆永久牌自行车那可是一个人的身份象征呢！但现在不同了，在南疆，自行车这种交通工具显然已经很落伍了，村里人出行大多是骑电动车或摩托车呢！

我推着车子走出大院，远远地，看见吾布力·帕里图正穿行在铺满阳光的林带中。阳光总是跟着吾布力·帕里图赛跑，我看得仔细，一大堆阳光很俏皮地围着吾布力·帕里图打转，吾布力·帕里图显然被阳光挤得脚步有些踉跄。我知道，吾布力·帕里图是要赶过来和我们会合，然后去艾则孜家、尔孜古丽家、买买提家……还有塔伊尔家。

咦？他怎么站立在那儿不动了？

想什么呢？只瞧见他躬腰蹲了下去，是在和阳光说话吗？阳光也跟着他蹲下了腰。

我们都在等他呢！阳光从吾布力·帕里图身边挤过来给努尔队长捎话，努尔队长说，不急不急，我们就在这儿等吾布力·帕里图一会儿。

我猜想远处的吾布力·帕里图正拿眼睛跟渠边的一棵树说啥话儿吧！

但他没有忘记身边哗哗的流水，我看得清楚，他伸出右手，与那些水握了一下手。

水对他说了些啥？

这个我没听清，但见水是笑着走了。吾布力·帕里图望着远去的水，这才顶了一身阳光朝我们这边走来。

此刻，我不知道吾布力·帕里图心里又想哪些事儿，阳光会把他的心思搅乱吗？

很多时候，起码在我们来之后，我发现这位乡村主任都在忙碌。多半时候，他的话不多，沉默得就像院子里某棵不说话的树，但阳光总是围绕着他，驱动着他，引领着他，一天天地向前走着，没有停歇的意思。

第一次工作组与村干部联席会上，吾布力·帕里图给我们介绍村里的干部及每位村民小组长。曲云其村干部包括了书记、村长（也叫大队长或村委会主任）、副村长（村委会副主任）、会计、妇联主任、治保主任、团委书记、村警，第一书记基本上都由驻村工作队队长或县上选派的干部担任，但我对吾布力·帕里图记忆深刻。

我之所以很容易记住他，首先是我的那架佳能数码相机，尽管这架数码相机跟了我10余年，但眼神好，大约是努尔队长说了句什么有趣的话儿！吾布力·帕里图一咧嘴就"噗"地笑出了声，正好那一瞬，我的相机竟急不可待地"咔嚓"了一下，记录了他脸上那个生动的笑。很爽朗的笑，很自然的笑，很纯朴的笑，也是很开心的笑（当然，笑本身就是开心），以至于连他的一张胡子拉碴的脸都盛开了笑的花朵。

这张照片之后被邓康处和艾布拉江两位仔细的工作队队员留在了村委会大院的玻璃橱窗里，无论谁走过，都会驻足，是吾布力·帕里图的笑感染了行人吧？当下，我想是。

之后，我和他在村委会进行过一次深入交谈。我们的谈话是以拉家常的方式进行的，先从他以及他的家人说起，抛却这个因素，吾布力·帕里

图的貌相很有特色，就像曾经银幕上看到的一代枭雄（片名忘记了）！哦，我想起来了，那是一部美国电影里的人物。

再说说李乡长。

李乡长其实是萨依巴格乡的副乡长，但村里人都这么称呼他，我们工作队也这么跟着叫。他的维吾尔语说得很地道，他就住在我们村委会院子里的某间房子里。在他的门前有一块地，地里有树，间隙有菜，都自由地生长着。每天，李乡长只要出门，地里的树和菜都会看着他，李乡长就用眼睛和它们打招呼。

乡长认识的人都是同一张面孔，庄稼人的面孔。

李乡长在我们曲云其村构思着春耕和秋分，人很好，也很干练，说的维吾尔语像是在朗诵某一首爱情诗，好听，有味，鼓舞人心。

乡长住在乡下，忙得不亦乐乎，手里不是坎土曼（新疆常见的一种农具，形似锄头，半圆形为多见的形状），就是别的家把什，走东家，串西家，田里的庄稼由青变黄，二十四个节气，媳妇在城里就等着他，但他忙得着不了家。

叁

　　诸位，我向大家介绍了曲云其村的村民和乡村干部，远在丹东的朋友云朵问："老贾啊，接下来你还会让我们知道曲云其的什么？"是的，我会说些什么呢？遥想当年，当我第一次站在喀什最具标志性的地段——艾提尕尔广场，喀什那浓郁的古风古韵，让我内心是那么震撼。

　　那时艾提尕尔还没有进行规划，广场的角角落落，塞满了只有喀什才具有的那样一种独特的传统。

　　来来往往的马车，马车上拴有铃铛，于是，耳朵充塞了满街叮叮当当的响声。最能渲染的是那些小商小贩此起彼伏的吆喝，听起来使人觉得热闹和贴切。特别是街巷深处响起热烈的民族音乐，应该算作在挣脱异化的一面旗帜。眼前走过的三三两两维吾尔族姑娘，她们把眉毛染成黑绿的黛色，会不时地瞟来迷人心窍的眼神，无不表露着一种难言的娇美……不用说，当时的心情充满了太多的惊奇和新鲜，甚至有一种按捺不住的激动。那时那刻，我能确定，我的心已被喀什迷人的风情掠去了。

　　前些年（应该是2013年），我再次来到喀什采风，但那个时候喀什已经发生了巨大变化，城市、街道、行人虽然现代且时尚了，但却少了曾经的古朴风情。

　　坦白地说，我喜欢出自喀什的十二木卡姆，那种通俗的、纯粹的演唱和节奏，那种不羁的姿态，显示出智者的尊严，既大气潇洒，也显示出跳跃的生动。

现在，南疆盆地的人们依然种植小麦和玉米，依然会遭受风沙和干旱，依然操一口地道的喀什方言的维吾尔语，依然携带着纯朴的良心。我问过一个名叫阿不都热西堤的村民，问话的时候他正举着坎土曼，我说除了种庄稼你还种啥？他停下来指了指周围，说栽树。又让我看了看他眼前的一片杏树林。

其实，曲云其村几乎家家户户都有杏树，杏树在村里存在了多少年了？没有人说得清楚，其间几易主人，它曾以生长的沉默目睹了这人世一隅的兴衰与沧桑。

杏树的眼睛当然是它开在春天里的花朵，语言是夏夜变黄的果实，秋日枝头的叶子是它摇动的手臂，它的深扎泥土的根须，在严寒的冬季感受着某种日子的忧伤……

曲云其村所有与杏树相关的往事儿，都被涂染着一层神秘的色彩，许久难以挥去。年年自然生长在曲云其村里的杏树幼苗，摇摆于酷夏正午的风中，没有人从那微微摆动里得到哪怕是一点点有关生长的启示。

熟杏在雨里坠落草丛，它会腐烂，它那坚硬而美丽的核心便会在泥土中开裂，继而萌芽，之后会在某一时刻悄悄地长出片片鲜嫩的叶子……

可惜，没有人能够注意到它们生长的细节和过程。

望着幼小的树苗，你很难找到它的母树，这就让我想到，杏树的象征意义，并不体现在杏树黄叶的飘落里，尽管那样的季节该有多么美丽啊！

世界上的花儿姹紫嫣红，都会显现出不同的形态，人们大可以按照自己的审美情趣选择自己喜爱的花儿，并赋予它们独特的精神诉求。在笔者看来，桃花太艳，梨花又太冷了。只有杏花像是从大漠深处走出的美人，清新靓丽中透着一股质朴的气息，略施粉黛，浑然天成。也许世界荒疏得太久了，人们对春天的渴望越发的浓厚，于是在人们的眼里，杏花无疑是一道最亮丽的风景了！

一棵杏树曾以它所特有的色彩与神秘，深深地吸引了我们。它的存在让维吾尔族乡亲们感受到内心的安宁，或许杏树就是乡亲们的精神依托与慰藉。

此时此刻，当我把自己置于初春的曲云其村，置身于阿不都热西堤的杏树林，它没有任何一种语言，我不知道谁又能够形象地说明杏树的流程呢？

或许，这正如我所迷恋的杏树，想象着它轮回的色彩，我就会心生感动。眼前这一片杏树正相依而生，稍后它会准时开花结果，而后黄叶飘落，不断轮回。我们不妨在此设想：生存在曲云其村的人，大概谁也不会轻易对杏树倾诉久远的往事吧？而往事的积淀是深厚的。望着一棵又一棵沉默的杏树，我深知往昔已远，面对这无比丰富的世界，我要谦恭地、静静地倾听，学会沉思与自省。

肆

闲暇的时候，我喜欢坐在院子那棵杏树下的石板凳上，眼光闲闲地投出去，在悠悠的日子里，似一尾鱼，碰到男人或女人，就会尾随一段。看那走路姿势，看那远去背影，甚至可以听鞋跟叩击路面的声音，竟觉得有滋有味。这样的举动且不会被人察觉，还可以尽情地欣赏！

各位，我得在此声明一下，贾某看人绝无歹意，人也是一道风景线啊！如果你会欣赏，照样能看出其中的美来。

某日，和邓康处在杏树下说话。他问我，来曲云其一段时间了，你觉得村里有什么特别的地方？我回他，当然有啊！譬如村里的声音，你不觉得它有多美妙啊！

我总觉得乡村的声音，每天都是被谁家的公鸡唤醒的，随着一两声咯咯咯的长鸣，也不只公鸡，间或有狗跟着鸡吠。你可别说不信，有天，我起得早，刚踱步到邻居斯拉洪亲家的院墙根，眼瞅着他家公鸡从笼子里跳出来，扑棱扑棱，抖擞精神，竟当着我面引颈长鸣，声音高亢且清脆。这里声音还未落下来，就有了此起彼伏的回应，似乎这只公鸡就是个喊号子的，让我颇为震惊！

更为神奇的是，这个时候树上的鸟儿便争先恐后地喧闹起来，叽叽喳喳，又说又笑，打破了乡村的寂静。于是，土地被唤醒了，院内院外的花花草草也跟着醒了。两三只喜鹊在院墙外的几株杨树上喳喳说甚？几只长相英俊的小鸟儿在几棵低矮的桃树里鸣啭。还有村里已经为数不多的老黄牛呢！它们早早就被主人拉到路边，拴在某棵树上吃草，一边咀嚼着，还不时地发出哞哞的叫声。

养羊的人家也会把羊赶出羊圈，一只只羊露出睡眼惺忪的表情，跟着鸡呀狗呀牛呀合唱起来，如果你不是心烦气躁，那样一种声音的混搭才是最美的抖音。

在这众多的声音里，我最喜欢的还是鸟声。它们的鸣唱不仅清脆，而且显得洋气。我始终认为，乡村最早发出声音的应该是鸟，而非鸡犬。

阳光很清，像流水，宣泄在曲云其家家户户的屋顶。走出工作队院子，村委会东边的小学里高音喇叭开始播放歌曲，三三两两戴红领巾的学童唱着歌儿进了学校大门，也是乡村最有特色的一种声音。有时，我会觉得曲云其村的这些声音是在为我们的耳朵歌唱春天呢！从村里所有耳朵的朝向分辨，应是飞翔的合唱。

春天的喜悦是从鸟儿喉咙里喷薄出来的，竟渲染得渠里的流水也哗哗地一路奔跑一路欢唱。老实说，我喜欢这样的情景，尘世的暖和清亮，一切都仿佛在阳光和屋墙上贴着，由人收取入心。之后，乡村的声音逐渐奏响，乡村公路上有了电动车或摩托车的喧闹，穿着色彩鲜艳的女人们和村里的男人们一样，把坎土曼架在车子屁股上去庄稼地，春风乱吹云，天蓝得有些慵懒，不那么透彻。那些柳条的赭红好看，轻轻薄薄，粘在篱笆上，像农家院子的花边，颜色显得古雅耐看。

大喜鹊很有意思地躲在核桃树上，它可以把一个早晨聒噪得枝丫突兀。你若路过那儿，就见它"扑棱"一声起身，拖着长尾巴，飞到别的地方。最能吵闹的麻雀，箭镞一样，穿越院子上空，去了斯拉洪亲家屋后。好大一群灰白相间的鸽子，也拖着别样的声音，滑过来，倏忽就落到了房屋上面。蓝天，鸽子，那样一种走心入耳的声音煞是动听。

后院那头，两个忠实的卫士大黄和土才看见陌生人会叫几声。它们不仅及时发出警示，而且添了新花样，见了我等，先抱着脚疯一阵，要是我们去看它们，便立即乖乖卧下。主人手一挨上它身，它就抿着耳朵眯着眼，一副惬意的模样。

老天给脸，气温继续在上爬。虽仍站在辽阔的光秃、浩瀚的冷之上，到底不是刮鼻刮脸的样了。拿捏着身段，优雅矜持地摇摆着回升。就连日光，抬头从窗子里看出去，眉梢都仿佛摇曳着笑意，把稍许妩媚，挂在了树梢。之后呢？随着气温上升，春意越发浓了，心里痒酥酥，开始活跃起来。

曲云其村的声音无疑是多元的，每个音符都同样温润。维吾尔族乡亲的笑声在播下的麦田里，在收割的麦穗上，在房前屋后的杏树、桃树、葡萄架上，小巴郎们欢快的笑声里，逗留着蝴蝶、蜻蜓们薄翼的翅膀……有时，我就想曲云其村的声音太奇妙了！奇妙得让人不可思议。有时，你想听它，它却和你捉起迷藏来，有意要躲着不见；有时你不想听它，它又突然从某个藏着的角落，冷不丁地出现在你面前，让你感觉到它是多么调皮。甚或，就连路边渠边花草伸展根须的声音，菜园种苗啄壳破土的声音，似有似无，若隐若现。更能使人心灵震颤的是那一望无际的田野，小麦拔节，玉米灌浆，叶子摩擦着叶子，麦浪推着麦浪，尾声连接着尾声，跟夜里躲在某个旮旯里的蛐蛐似的，那种虫鸣须是用心倾听和感应，才能得其奥妙和真谛。

某日，村委会大院，随着音乐声起，小媳妇和姑娘们跳起了维吾尔族传统舞蹈麦西来普，甚或是欢快而又现代的小苹果。在明快的乡村声音里，彩旗惹眼，它们在乡村道路两边，鲜红着，飘扬着，激起一村子的期盼，如一群起落的鸟。在这样的乡村里，你会心生太多的感慨，但绝不会伤感，生活多晴朗啊！美丽的乡村天地广阔，人心广阔，所有的心情、事物甚至话语，都充满了鲜活和时尚。彩旗挂起，就昭示着一个新的开端要来了，一阵阵强有力的脚步声已经到了幸福的门口。在实现中国梦的进程中，无论如何，都要融入中华民族伟大复兴的滚滚洪流之中，开始另一轮莽莽的奔流。

伍

初到曲云其村，我的兴奋和激动，难以言喻。

40多年前，我也算是庄户人家的子弟，从商洛走出秦岭，来到天山深处。之后，我又由天山深处来到首府乌鲁木齐。也曾有人直言不讳地说我是户家，户家？那时不清楚这两个字的含意，后来才明白是城里人对乡下人的些许不屑。也或许是我过度解读，换言之，把它看作原本居住在城里的人对生活在城里农户人家的一种俗称？但这都不重要！无非说咱是农民吧。这又有什么呀！我本来就是农民，再说，农民有啥不好的呢？

我以为，农民是跟土地打交道的，也是尘世上最接地气的人，应该最为自豪！我曾在商洛山区生活了17年，在我的人生履历里，截至目前，也只占三分之一的比例，但这17年却培植了我根深蒂固的村庄意识，而且，一直都是那么刻骨铭心。

现在，我正儿八经地踏在了曲云其村的土地上，成了它的村民，这叫我怎能不激动呢？

我已经给大家描述了我的农居小屋，一扇足以满足我视野的窗户，它就让我倍感欣慰。我这么说可能会有人不理解，甚至会说，不就是一扇窗户吗？

是的，虽然仅仅是一扇窗户，但它却是我居室最可视的眼睛，也不只是屋子独拥，更是我的眼睛啊！

我这么说有没有道理呢？

没有答案，也无须答案。

但凡屋子，只要安装了窗子就亮堂了，人的心情就会舒坦。也不只我有这种看法，我记得文学大师钱锺书先生就曾这么说过。依钱老的意思："窗子打通了大自然跟人的隔膜，把风和阳光引进来，使屋子里也关着一部分的春天，让我们安坐了享受，无须再到外面去了。"如此说来，窗就是人精神上的一种需要，甚或是一种奢侈！

我想这么说也未尝不可。

岂止是人？就房屋本身而言，也是因了窗子，我们才会觉得屋子的漂亮和圆满；有了窗子，我们就容易感受到季节的变换。

在斗室，我常与窗对视。窗读我，我读窗，日子久了，便觉得窗有万般的情趣。你瞧：春天到了，窗就给你唤回候鸟，那叽叽的鸣唱，燃烧着火辣辣的情感，使人心生感动。阳春三月，拂窗的枝丫，就在窗外构成一幅画，或吟作一首诗，于是，情景交融，方有"一双燕舞，万点飞花，满地斜阳"的宋词元曲韵味。

时光匆匆，夏天便于窗前悄然而至，庭院深深，绿荫一片。枝头上的果子就在蝉儿的尖叫声中渐渐地熟了。还有芰荷深处，碧塘红莲，清香四溢，令人神往。秋天，风至树动，窗外就有哗哗的叶子与飒飒的风儿唱和，达成了一种默契。而秋雨，也会在窗前织成一幅轻纱般的帷幕。面对那窗外秋风、秋声、秋雨、秋色，一不小心，就会心醉神迷……此景此情，叫人想起一句哲人的话来："美在自然！"

是的，自然的美，都是天工斧成！

老实说我对窗有一种别样的情感，很依赖。敲字觉得敲累了的时候，我就会站起来走到窗前，觉得那是个好地方。站一会儿，坐一会儿，哪怕是闲望一会儿，都会觉得窗口滚滚的，尽是风云。

在曲云其村我的新农舍，窗前除了茂密的杏树外，与它做伴儿的还有一棵桑葚树、一棵苹果树、一棵蟠桃树、三株观赏松，我的邻居努尔队长，他是南疆阿图什人。他给我说，他也喜欢窗前这些树。

南疆人会伺候树，差不多算是祖传罢，努尔队长也不例外。所以，我们一住进来，他就有活儿干了，人闲不住，拿了修剪树的锯子，把每一棵树修剪得很帅气，被他修剪过的树，站在院子里，一个个都显得很精神的样子。

树影更好看。尤其是进入夏季，浓绿泼染着，又深又大，层层叠叠。里面，有鸟鸣，有虫吟，还会有风声。

鸟鸣、虫吟、风声，也都青翠，又蘸着那么足滴溜溜的水润，这就让人看不够了。我虽是个粗枝大叶、不懂风情的农夫，但骨子里却充满了浪漫和写意。

树影里有风声，人影里也有风声，多好啊！树影里的风声，人人能听见。人影里的风声呢？如果你不用心，哪能听见？

我就听见，我影子里的风声不算大，日夜地刮。我想尽力让它小点，但又没太好的办法，只好任凭它刮。

人影子里，甚或会有狂风，让事物横飞，一时遮天蔽日。遇到这样的人，咱对他（她）最好能敬而远之。人影里的风声，有时比树影里的风声还要喧嚣。

冬天的时候，我喜欢站在窗口看外面飘雪。雪花儿纷纷扬扬，天地一片苍茫啊！那会儿，竟感觉雪该有多大的力量啊！玉袍子就那么一裹，竟能把人世间一切事物都裹进去了。

我虽然还没有经历曲云其的冬天，但我可以做些冬天的遐想，晴天了，可站到窗子那儿看雪色。这跟南北疆应该没有关系，无论是南疆还是北疆，只要有雪，一定是雪接着天地。而且，塔克拉玛干沙漠，如果有雪，那一定厚实、辽阔、莹白，闪着光。天地纯净，清气浩荡。雪色，依然什么都不遗漏，全裹进去。村庄算什么，我又算什么，一切都廓然不存了。

　　此刻夏夜，我还在敲字，这是个有月的夜晚，我是从不拉窗帘的。等
会儿，我会沉浸在月光中睡。

　　最大的好处，是睡不着的夜里，有一扇窗子一轮明月陪着，挺好！有
窗，有月，外面再有点风声，树影又摇上窗子，更好。

陆

窗前杏树，应是一对孪生树，杏子正繁盛时，左面那一枝耷拉了脑袋，我给努尔说了，先前已经给大家交代了，他是我们队长，像这样的事儿我得说给他知道。他去看了，原来是杏树生了病，枝干化"脓"，分泌出一种黏糊糊的液体，努尔就取来锯子对它进行分隔处理。之后，又挺胸昂头，枝繁叶茂。

因为它，我的窗子很生动。夜里，只要月影一来，它就妩媚地投影到窗上。薄灰的，灵动的，欣喜的。美得像什么呢？只能像一株杏树吧！

几只鸟雀天天来，那是它们的家。布谷鸟也来，那是为了探访，或许是亲戚间走动？

有一天我正在敲字，两扇窗都开着，布谷啥时来的我不知道，突然就听见它们在咕咕地唱，也许不是在唱，而是在朗诵一首关于曲云其村小麦丰产的诗歌。我抬起头来，看它们，它们一边朗诵着一边还把头扭过来，透过窗户看我，似乎想得到我的鼓励。

风也来。算是常客吧！

风一来，杏树的影子开始摇啊摇，像是专门来为我表演舞蹈的，让我为它们的舞姿鼓掌。也或许不是，理解错了，它们是想在窗上摇出一幅婆娑的画来。那画，变化莫测，浓淡相宜，甚至连我这个外行人，也能从画面里读出，它们那样一种对淡泊宁静的田园风光的向往，在"动"与"静"这两种大相径庭的内心律动里，用它们独特的笔墨把色彩洋溢出来，滋生出一种引人入胜的气韵。

—— 墨影子浓浓淡淡。交错的，斜逸的。还有那么多留白。

不敲字的时候，我不开灯，倚在床头，看月光，看树影，也看天空，又高又广阔干净的天空，一颗心就安静。泉水似的，无垢无尘，淙淙泠泠。

睡，或者看一两集由陈建斌和马伊琍演绎的《中国式关系》，我会为这部电视剧的编剧叫好，也会为从新疆走出去的建斌小兄弟鼓掌。或者什么也不看，窗户是开着的，听听夜的天籁之声，都觉得好得不得了。

我庆幸，我的窗前有棵树。因为有树，我们的院子不寂寞。

有棵杏树立在那儿，院落不显空，就有了起伏跌宕和韵味儿，像鸟儿简单的歌唱到最后，声音出乎意料地美妙。院里的菜蔬，成行成垄，摆放得中规中矩，它们的蓬勃和旺盛，也使得餐厅的烟火气息忒稠。人得活在烟火中，那是生活的气息，虽说俗，但无人能够摆脱。最好的，就是烟火中再来点趣味，这才称得上 —— 有滋有味。

杏树下，鲜活的蔬菜，明艳的月季，都能让小院窈窕起来。

夏天，一丛浓荫滚动；秋天，一片斑斓色彩；

冬天，还没来，即便是来了，春天还会远吗？

一年四季，都能让农业厅驻曲云其这个小院子眉飞色舞。而且，杏树的位置也恰好，就在我的窗下，和窗子有呼有应。

有时，我想，她如果退缩到哪个角上或贴到别处呢？院子和窗子或许成另外一种形状和颜色了。

无论哪一季节，我都爱站在窗前看窗外。看天，看云，看人家屋顶，也望这树。放在村庄，放一些安逸日子在心里。

我声明，我不是传说中那个王婆，因为我从来没有卖过瓜，但这棵杏树着实算好看。你瞧瞧，它们枝叶层层叠叠，中间微微有些空疏。近看远看，树都参差婀娜。

队长人勤，常修剪它。

跟乡下人栽种东西，爱不爱动刀动剪子有别，努尔是不会随它们的性子生长。我有时感叹，努尔真是个天才。乡下的农活儿，几乎难不倒他。

之前，看院子的吾布力告诉我，说这棵树，枯死过一次，干上靠下方再发出几枝，并尽力向四下伸展。又半枯一次，又发两三大枝，直通通向上去。其中，根部出来的那枝，样子倔强。一棵树，俩枝干，成孪生，果子繁盛，也算风情吧。只是盛果期，满枝的杏，只要夜幕一低垂，它们就偷偷跳下来，躺在水泥地上睡觉，弄得给我们扫院子的热依罕有些无奈，好在热依罕有的是耐性，每天一早就扛着大扫把来我们院里把它们撵走。

最好看的，是月季花开。五颜六色，绽开不衰。杏树也不落伍，开得越满越接近白色。一树的花，如雪如云，很动人。蜜蜂、蝴蝶也都被它招来了，在花上翻飞。暮春时候，晴空，晶亮的阳光，月季，杏花，桃花，与轻柔的草色——那景象颇有些唐诗宋词的韵味。

我觉得最理想的情景，是鸟儿来了，藏进树里。风又来了，摇动树，摇动花，摇动香花和鸟鸣。这时候，坐在窗下，闭上眼睛深呼吸，于是，鸟鸣声声入耳，香气入肺入心，整个晚春就在鼻尖轻悠悠荡开。

杏花也香，不像枣花。她可以香一院子，让住在院子的我们，像被天气掬在手心里的细小香草叶，娇嫩而又妩媚，还通体香透。

偶尔，夜里，云来，雨来，窸窸窣窣敲打一宿，清晨开门，一片清新里，就见地上一层落花。花瓣上雨珠晶莹。树，土地，落花，细细的嫩草，惊心的美。但绝不伤感。一大把清明的日子，为什么要伤感？

真乃人间最美的乡村小院啊！

柒

一个人躺在床上，忽听窗外传来几声孩子的叫喊，嚓嚓嚓……又疑惑有人来，抬头去看窗子。窗子大开，唯见日影静生烟。仔细分辨，的确是隔壁中心小学的孩子们踢足球的声音。

索性起来，出了院门去一墙之隔的曲云其村中心小学，学校里是清一色的维吾尔族孩子，学生也基本上都是曲云其村里庄户人家子弟。

这个时候已经放学，三三两两的孩子正陆续从学校往出走，他们见到我很礼貌地说"爷爷好！"，有的问过好后，还主动上前同我握手，表示一种敬意和尊重。

你不得不敬佩这样一个最具礼仪的民族，但凡在新疆居住已久的人，常常会看到或亲身经历过的事儿；譬如，你去某个维吾尔族同胞聚集的村镇，甚或城里某个街巷，维吾尔人无论是年老年幼，见了你都会主动地上前和你握手，这样的场面对我来说已屡见不鲜。记得前不久去给一贫困户送化肥，那家一个才三岁的小巴郎就跑过来，很大人的样子和我握手，行礼的环节无一省略，主动上前，伸手，轻握，收手，贴胸，弓腰，以表达对客人最真诚地敬意！

前些年去山东采风，一位胶东朋友跟我打听维吾尔族同胞的相关话题。这让我有些诧异。问他，怎么对这事儿如此感兴趣？原来他写了援疆报告，而且已被批准。又说，他将要去的地方叫麦盖提。还说，自己尽管未动身到新疆，但见了我这个新疆人觉得自己早就是新疆人似的，格外亲切。

我得承认，山东朋友的话，让我的眼睛有了流泪的冲动。努力地平静了一下自己的情绪，很认真地给他介绍关于新疆，特别是新疆的维吾尔族同胞的习俗。

午后，日影静静的，推开门，在院子里遛弯儿。简陋水泥凳，灰色阴影。头上是蓝得醉人的天空。风细细的，绿荫荡漾，花开着，赤橙黄绿青蓝紫，应有尽有。有的叫得上名字，有的却说不上，尤其是前院菜地里，三株很漂亮的花，这会儿已经盛开，她不仅能感知季节的变化，还能与太阳的升落同步，我就纳闷儿，是谁给了她这种敏锐？

看来生物的灵性大大超出了人类的想象。

这三株花，没人能叫得出它们的名字。开春，种菜的时候，它们仨早已扎根在这块地里，看枝条、叶子，我误以为石榴树。我想：菜地是专门种菜的，无论是西红柿，还是茄子、辣椒、豆角，都有资格占据一席之地，其他当另类，应该清除出去。

正好，王骞已经到了跟前，我就喊王骞把那几棵"石榴"树挖了。王骞听了我的话，提着坎土曼就要去挖，却被买合苏木按住了，说那个是花，不能挖！我说为啥呀？买合苏木说，花在地里开着，种出来的蔬菜好吃呢！

啥道理啊？

买合苏木用半生不熟的汉语说，花嘛，好看呢！人嘛，看着花高兴呢；菜嘛，和花在一起开心呢！这个开心嘛，菜就长得好，吃起来嘛，香呢！

很有意思的比喻。

买合苏木是曲云其村里的通信员。因为贫困，被村委会安排在村两委会打杂。工作杂乱，零碎的事儿不少，统统都归他管。大致如下：收发报刊信件、打扫室内外卫生、放水浇地、修剪村委会大院的花卉苗木等等；

没见他闲过，每天看到最多的都是他的影子，忙忙碌碌。前不久，我才和他结了对子。这一年，我得想方设法，帮他摘掉贫困的帽子。

几株花从那一刻起便和地里几种菜一起成长，且日渐茁壮。相比之下，花成熟得早，似乎它的盛开，真的就像买合苏木说的，是为了地里的辣椒、豆角、黄瓜、茄子们观赏，让它们在愉悦中成长？如果真是这样，那花儿就是头等的功臣了！

可惜，如此功臣，却默默无闻。居然会连村里人都不知道它的大名。问村主任吾布力·帕里图，他摇头，说"比里买曼"（维吾尔语的意思是不知道）；再问村警艾则孜，也摇头，还是一句"比里买曼"。县上在我们村开"访惠聚"推进会时，我又接连问了好几个人（有维吾尔族也有汉族的参会代表），也都说不出它的名字。叫不上名字无关紧要，这丝毫不影响人们的爱美之心。但凡进了院子的人，无不赞叹我们菜地里的花和菜，说我们种的黄瓜、辣子、西红柿诱人，说那几株花儿更是迷人，还有女人进来都喜欢和它站在一起合影。

怎么能让这么漂亮的花儿默默无名呢？我要让人知道它的名字。

我认真地给那几株花儿拍照，并发到微信群里寻求支持，一两天过后，就有上海和青岛的朋友回话了，说这花叫木槿花。

木槿花？

头一次听说。

为了落到实处，我查阅资料，这下真的弄清楚了，它们的确是木槿花儿。

看来是贾某孤陋寡闻啊！

唐代诗人李商隐曾有诗赞曰《槿花》：

> 风露凄凄秋景繁，
>
> 可怜荣落在朝昏。
>
> 未央宫里三千女，

但保红颜莫保恩。

资料记载：木槿花为锦葵科木槿属植物，木槿的花，花多色艳，非常美丽。以花朵大而完整、干燥、色白无杂质者为佳，是做自由式生长的花篱的极佳植物。适宜布置道路两旁、公园、庭院等处，可孤植、列植或片植。而且还可以作为一种中药使用，亦可食用。

木槿花语：坚韧，永恒美丽！真正意义，温柔的坚持、朝开而暮落。

这是多么美好的寓意啊！

我在想：叶长叶落，花开花谢，一个人在这个宇宙中是极其渺小的，有些事，可以去尝试，但更多的时候我们得学会接受，一切顺其自然，就像这些花儿，该开花时开花，该谢幕时安安静静地谢幕，我们大可不必纠结其存在的价值，像木槿花那样该绚烂时绚烂，不管在山野地头还是在篱笆墙或其他的任何地方，只要在火热的季节里，就迎着太阳，开心地笑，只要能够把美留给人间，足矣！

又转回后院，又见我的那扇窗子，心里挺美。

前文说了，我对窗户情有独钟。

进村入户的时候，骑行在路上，左顾右盼路边人家，目光准是投向村里谁家的窗户。若是窗户紧闭，就会觉着眼前阳光僵直，即便是花开也不会生动；若是瞧见窗户洞开，就猜想向里延伸出的肯定是一片幽深，至于看不看见人影倒无所谓，一样能感到院子的活泼，像有小旋风刮着，花明枝摇。美极！

捌

一棵参天杨，孤零零矗立在喀什边缘茫茫一片浮尘中，粗壮的躯干，疤痕累累，向上的枝条齐对灰白的天空，稀稀落落的叶子在风的抽打下，发出哗啦啦的啼哭。戈壁荒漠，随处可见，尽是些枯枝败草。真可谓，道不尽的苍凉！

这是20世纪80年代初涉喀什时给我留下的印象。

当然，此情此景，应是记忆中的事儿，虽然时隔30多年，一直刻印在我的脑海里。其实，在我熟悉喀什之前，事实上时间是呈双向度前行，甚而在透明的指缝间，一些事物逐渐地显影、浮现、渐渐清晰可见；而与此同时，另一些事物却逐渐疏远了，淡隐了，甚或干脆就消失得无影无踪。

我真的不知道该怎么形容那些过往的影子。

每每，只要静下来想想，脑幕中或隐或现之前喀什的大致轮廓，曾经充塞在老城的街巷，以及那些密密挨挨的土屋，穿梭在马路之间响着铃铛的马车或驴车，也许，在中国也只有喀什这个城市的人们习惯于把它称作驴的或马的。

2014年春天，我再一次到喀什采风，我的朋友迪丽达尔陪我看正在建设中的特区保税区，我背着相机，紧随着迪丽达尔走街串巷，四处寻找当年的影子。我们穿过一条又一条大街，失望复叠失望。毫无疑问，喀什已经面目全非。满目景象，和所有我见过的现代都市，都是那般雷同而让人感觉无趣。尽管如此，我仍不死心地刻意寻找。一边找，一边在想：时光会否漏进喀什日新月异的某个缝隙里了？要不是这样，它怎么会奢侈地给我保留一个怀旧的入口呢？然后等待着我的进入。

玖

我站在街角某一处观望时，竟然有些恍惚，想起那时候的喀什，我是独自一个人在喀什游荡。仿佛是在独享着那样一种有些中亚或西亚的异域风情。去一家手工作坊，目不转睛地看那个维吾尔族银匠，他在叮叮当当地敲打着手里的铁皮（也许是铝或铜），面前摆放着一些成品，各种各样的茶壶水壶，看起来小巧而精致；我也去地方风味的小饭店；或者来上几杯散扎啤和格瓦斯，那时候就兴喝这个，坐在一张方条桌上，或者再要上几串烤羊肉，慢条斯理地吃着喝着，看着那些伙计们满脸丰富的表情，感觉很好玩。甚至，晚上睡不着觉了，爬起来到喀什广场散步。

"卡勒西阿力蜜斯"（欢迎您），每个维吾尔人见了你都会这么说。

当你站下来问路的时候，都会面对一张真诚的笑脸 —— 比如你想去艾提尕尔清真寺或香妃墓园，那就招一招手，一辆"马的"或"驴的"就会在你面前停下，然后就坐上去，优哉游哉，不一会儿的工夫就到了。

在毛泽东魁梧高大的塑像右侧，我遇见了他 —— 一个名叫亚森的维吾尔族老汉，在喀什广场某个位置，他居然能把自己用树枝做成的拐杖当作热瓦普来弹奏，拐杖的手柄处还系有一根细细的装饰用的红线绳。

至今，我还清楚地记得，那是个夕阳斜照的下午，老汉正眯缝着一双眼睛，手里的拐杖那会儿便成了他最喜爱的乐器，尽管没有琴弦，但这并不影响他如醉如痴的弹奏，不影响他如醉如痴地歌唱。他唱的是什么？我不得而知。随行的维吾尔族朋友木拉提给我翻译，居然是普希金的《夜莺与玫瑰》——

在幽静的花园里

在春夜的昏暗中

夜莺在芳香的玫瑰枝头上歌唱

但可爱的玫瑰却无动于衷

也不倾听，只是在那倾慕的颂歌中

打盹和摇晃

玫瑰啊，她不需要诗人的颂歌

她只需要，现实的富足与虚荣享乐

清醒些吧，诗人

你追求的是什么

你除了让诗人和他的诗歌

以及关心热爱他们的朋友

一起带来永恒

你还能给自己带来什么

难道只是让那

长久对爱情渴慕的心

持续遭受失落的折磨

你不也是和玫瑰一样

是个冷美人

她不听也不理会诗人的歌声

她那么娇艳

对你的呼求却报以沉默

……

南疆最美丽的花儿要数玫瑰花了。特别是生长在塔克拉玛干沙漠的野生玫瑰，她们纯洁而美丽地生长在戈壁瀚海，沐浴着灿烂的阳光，享受着大自然赐予她们得天独厚的环境。

从21世纪伊始，南疆各地州把玫瑰产业作为地区经济发展和脱贫致富的支柱产业，在政策和资金上进行了大力扶持，把玫瑰花做成了茶，做成了酒，甚至做成了玫瑰精油，走出了国门。使新疆玫瑰花儿红遍世界……

扯远了，还是回到当下。

当下，看他一以贯之的神情，分明已臻妙境。他不神秘，本当高贵；他不晦涩，自应深刻；他不浅薄，显然易懂。那是人类最纯洁最迷人的一种音乐，抑或是一种高品位的音响。坦白地说，我也喜欢这种通俗的、纯粹的演唱和节奏，这种不羁的姿态，显示出智者的尊严，既有大气的潇洒，也有跳跃的生动。在老者那种忘我的境界里，在那种绝对原始、绝对美妙的弹唱声中，我的大脑突然有一种被洗净、被过滤的感觉。我那思想的大地，生长了碧绿的植物和芳香四溢的花儿，而我思想的天空，漂浮的是生动的风和极具灵性的雨，它们使我的脑海在那时那刻一下清澈起来，心绪祥和，思想犹如奔驰在高速公路上，轻松、自然、美好、进入一个理想的境界，满目皆是鲜活鲜灵的景致，令人耳目一新。那摄人心魄的倾诉，使人流连其中，自适云尔。

我没有看到过喀什万人跳麦西来普的盛大场面。据说聚礼日的那天，午后的艾提尕尔，那偌大的广场，人声鼎沸，人头攒动，明亮的日光下，花帽、白帽、皮帽、黑毡帽，色彩斑斓。那是怎样的一种场面呢？成千上万名维吾尔族人、塔吉克族人、哈萨克族人、乌孜别克族人等等民族同胞，他们穿着节日盛装，无论男女老幼，他们心里都充满了亢奋和感动。那情那景那悠扬歌声那轻盈舞步那纯粹的精神，潇洒而超然，让人振奋！

时间仿佛就是在弹指间转瞬即逝，那时今日，几十年的日子就没了。那个叫亚森的老汉健在吗？当年那些马的驴的都已从眼前消失得无影无踪，无从寻觅了，甚或就连脑幕上曾经弥漫着的那样一种无法言喻的民族风情都被开发没了。毫无疑问，我的记忆也已经被现代化都市建筑无情地斩断，而远端的那一头早就不知魂归何方了。

拾

30多年前的一个早春的日子。

一辆具有年代性标志的北京吉普212，被一位十八九岁的年轻老兵从和田驱赶到了喀什，他是到喀什来的乡党。亲不亲故乡人嘛！

我从喀什机场刚一出来，就看到他举着写在硬纸板上的名字 —— 我的名字，反正我们就这么认识了。准确地讲吧！是我首先认出了我 —— 我自己的名字。

这多少有些滑稽。那会儿不像现在，没有互联网，也没有手机，临从乌鲁木齐出发的时候，空军驻和田某部政治处吴主任（也许不姓吴）打电话给我，声音很小，但听得出他在话筒那边使足了力气，趴在我耳朵上的听筒，播放着他近似于声嘶力竭的声音。话的意思是你放心来吧！我派人去机场接你。末了，又告诉我，接机的小伙子姓张。亏了他这么提醒我，所以至今，我还能记得他姓张。

那是一张青春四溢的脸颊，稍显稚嫩，但很阳光。我们很快钻进了同他一起到喀什的北京吉普里。我把自己放进副驾驶的位置，我说小张啊！你从和田来这儿一路上很辛苦，现在你可以开慢些，累了咱们就停在路边休息一下。小张笑呵呵地说，贾干事放心吧！这条路我很熟悉，不是吹牛，我闭着眼睛都可以开回和田呢！

嗯嗯，没吹牛！我不否认。

那个时候不像现在，去南疆的公路上基本没多少车辆，司机们完全可以放心地开车。

吉普车七拐八拐，钻出喀什老城，向东驶去。

坐在北京吉普上的感觉，就像搭乘了一艘小船，沿着塔克拉玛干沙漠这片死海，就像是颠簸在波峰浪谷里，忽上忽下，五脏六腑随时都会被撕扯出来。唯有偶尔看看远处的参天杨 —— 不屈地站立在某一村庄的路口，瞭望远方。

显然，这个春天与30多年前那个春天不同了。

参天杨 —— 我们可以把它看作是南疆人民的生命之树、希望之树，因为它的伟岸与繁盛，已然创造了南疆天翻地覆的环境。可以说，这是一场波澜壮阔的绿色革命，它创造了生命的鲜活与奇迹。

我在给新华社的一篇名曰《曲云其的春天》的报道里，或多或少对这种奇迹进行了描述，作为生活在塔里木盆地的维吾尔族、塔吉克族、柯尔克孜族、汉族、乌孜别克族、蒙古族等十几个民族同胞，他们就像习近平同志形容的那样 —— 像石榴籽紧紧地抱在一起，捍卫着南疆这片国土。

塔克拉玛干沙漠极端的生存环境，使他们别无选择，这是最简单朴素的真理，最本质的特征。即便是一棵梭梭草，一只土拨鼠。也能通过本能感知这个道理。所以，我能体会到在戈壁大漠苦苦劳作的人们。他们发起的一次又一次地植树造林，并在这块土地上放牧，种植，生儿育女，不仅仅为了生存，乃至渴望生命、创造生命，都是为了向命运抗争。他们丝毫不怀疑 —— 只有把生命之泉灌进干涸的土地，荒漠才能长出希望，长出一个春意盎然的绿洲。

第一次与塔克拉玛干沙漠亲密接触之后，我竟十几年不曾涉足，直到21世纪初始，每隔三五年都会来一趟喀什，说游荡也成，说采风也罢，就像戈壁大漠一缕缕没有来处或归处的漠风。但在这种来来往往间，却能惊喜于喀什的日新月异。

比如此刻，我在曲云其走村入户了解民情，无论是进谁家院子，也不

管主人叫买买提、叫热西提、叫阿迪力、叫司马依、叫吾布力等等；我说叫谁谁谁诸位也不认识，说起来名字也就是一个符号罢了！而迎接我们的，肯定会是一双双粗糙的手，但在手与手触碰之后，他们都会习惯性的把手抽回来放到胸前，念叨一句"热合买西"！以此来表达对工作队队员的尊重。

和他们交流的时候，我会仔细观看院子里的葡萄架，新搭建的凉棚，还有维吾尔工匠雕刻的屋顶或梁柱；看院子里的牛圈驴圈羊圈马圈，看鸡笼鹅笼鸽子笼，还有更多站立在院墙根为农家看护院落的参天杨树，它们高大挺拔得让人不得不仰视。相比起来，更使人欣喜的是农家院落那些树上的雀儿，居然不为人扰，只顾和自己的玩伴儿嬉闹。惊奇的是，在院子里那些杏树桃树梨树苹果树枣树上，野生的雀儿能和农户喂养的鸽子们结成玩伴儿，雀儿叽叽喳喳说笑，鸽子咕咕随声附和，它们竟能亲密无间，谁也不会为谁占了谁的地盘大打出手，和谐与共，让人动容。

每每看到这种情形，我都会好奇地问自己：我是在这里么？

也许是借一次行走，拓展自己狭窄的人生。

我在心里想：在这么一年的时间当中，若能通过"访惠聚"活动，认知有了深刻的提升，之后，一展如翅，思想似鸟，一下子就能飞临到一个浩荡的开阔里。谁知道呢？无论如何，我想总会有一个收获，那一定是属于我的——我们的。我所得到的哪怕是经验或教训。

拾壹

天！这会儿正是下午六点多一点，我在敲字，突然就感觉到地动桌摇，也不只身体和房间的一切物什都在摆动，外面有人高喊"地震了！"当下，立马站起来，第一意识是赶紧拉开门往外面跑。

在过道，我的脚下显然有些趔趄，身体像个醉汉。走出房子，院子里，太阳明亮，湛蓝的天上粘了一朵白云，云的后面晕出一团浅浅的淡黄，像一滴泪或者低眉的眸。阳光温暖了我的周身，也点亮了我窗前的杏树，还有院子里的一切植物，竟觉鲜亮迷人。

我站在院里没有恐惧，消停地打量十几天前的模样儿，时有微风轻轻地把我拦腰抱住，像是要别离的恋人，浪漫而又挠人心扉。春风微凉，也在抚摸树叶和小草，说着满树满枝的甜言蜜语。还有几时，春风依然，而树叶儿又能在树上笑到几时？

昨晚归来，匆忙得没顾上嗅那杏花的芳香，也没去观察那棵新栽的桃树。今早，突然发现休假前那株杏树花儿已寻不见，细瞧，才发觉此时已经长成绿色的初果，嫩嫩的、绒绒的绿，那棵新桃的花儿虽然灼灼，但显然已失光艳。于这春风中芬芳旖旎，只能是一帘幽梦，如果随风潜入今夜，还能否馨香谁的心念？正这么想时，副队长邱建民在喊去种菜，大家积极响应，干至一半，想到今晚尔孜归回家有事，晚饭没人去烧，算我逞能，自告奋勇回厨房给大家做饭，问大伙都想吃啥？我可提供新疆汤揪片子、泡杖子、拨鱼子，组长说还是米饭炒菜吧！也罢。回来后就先把米饭

蒸上，这个并不难，电饭煲是我最好的助手了，仅需把米淘好，按比例添好水就行。然后，备三种菜料，分别是西红柿鸡蛋，葱爆羊肉，毛芹炒肉，丁零当啷，半小时就上桌了。问味道如何？皆呼色香味儿俱佳！

此刻，夜已深，灯光流泻，满室的静。窗外，那一棵高高低低的杏树，树上疏密有致的叶子就在我眼前静静地舒展，与我为伴。

点一支曲子来听，要一首明媚的，借以明媚心情，就那首《春江花月夜》吧。于是，铮铮淙淙的声音满屋子流淌。

忽然让我心生感动，生命原来可以这样美丽。

拾贰

夜里做了一个奇怪的梦，一个不大安稳的夜。

梦里忽然跟了一个人排队登记什么，好像我的名字就列在其中，穿过一片园林，林中各种各样的果树，繁花似锦，很美。又一瞬，突起狂风，之后再看，花落，艳艳红满一地。我竟有点心疼，想去捡拾那些花瓣，就有人喊我，老贾快来该你了。疾奔过去，拿起登记表问，这是要干吗？桌对面一人头也不抬地回我，等着给你做安乐死，然后送入焚炉，哗哗哗哗，灰飞烟灭。

当下惊呆，难道就这么把我给交代了？

再怎么说，我还有几十年吧？不容我分辨，两位汉子要来强行拉我，梦即刻碎了。

睁眼看，天花板粉白，窗外，有早起的鸟声，轻轻柔柔的棉被伏在我身上。呵呵，梦里天涯路，贾某原来在床上啊！起床、叠被、洗漱、出门，颇安宁的一个早晨。

昨日傍晚，我们曲云其村工作队队员，按照领队的要求，去邻村交流。领队的意思，一方面让大家见见面，拉拉家常，谈谈各自驻村的感受或工作思路，再就是，大家出门在外，一整年时间都这么待在一方天地，难免会有孤寂之感，如果让大家能够常见见面，这样可以让大家的生活丰富多彩，同时在交流中能碰触思想的火花，工作可以出彩，这真是一种绝妙的方法。我为领队点赞！

　　领队是我们鲍厅长。前不久，已被自治区党委任命为自治区产业化发展局党组书记。到底是领导啊！人在高处，看得更远。所以，这样的活动已经进行了两次，上周末去了3村，已经感受到了交流的快乐，多少对工作有些启示，昨晚，更是愉悦不已。

　　吃罢晚餐，时间尚早，我们随14村的同仁参观他们的院子，满院杏花尚在，自己种的有机蔬菜绿油油地满棚，尤其是院内养殖的珍珠鸡，咕咕地叫得正欢。我在给杏花拍照的时候，14村毛晓斌队长对我说，今天有些阴，如果是晴天，蓝天白云再来拍照那才叫美呢！末了，又说，给你的照片取个名字如何？我停下来看他，他说就用"杏感世界"好了。

　　妙！其实，来到南疆已经整整一个月了，我最盼望的是能看到有春雨光顾，这不仅仅是庄稼需要，人也应如是吧！

　　可以想象出那样一种滋润的情景，人在室内，忽听窗外春雨淅沥。曲云其的人家水雾弥漫，也像浸到一个春意绸缪的梦里。今年春早，村前屋后，那些树木和村里的庄稼，该是另一副面孔了，有了春雨，它们就能迅速地泄露出一些潜藏的生动出来，三五声鸟语在我的窗前飘了进来。院外不知谁家的参天杨上一只喜鹊已经来了，我喜欢它黑缎子一样的身体和脖子那一圈白，像少女脖子围的丝巾，它那超大的翅膀，总会令我怀想。

　　这些日子，基本上是在细碎的事情里穿凿而行，时常感到有些倦意，夜里更睡不好，可能是春困使然吧！然而，上上网，看看书，觉得满足而微喜。最大的好处是，远离了城市的喧嚣和嘈杂，一个人能安静下来，安静了，思想里那些蛰伏的一种美好情绪就会四面围过来，这时，才觉得这世界原来竟如此美好啊！

　　抬头，看窗外，几只鸟又在树上欢歌笑语，刚给陈鹏打手机来接我去喀什理发，应该快到了吧？人在村里就这点不便，若是像那些鸟儿呢？也许就不存在这些问题了。

拾叁

我觉得，灵魂一直辛苦地走在身体之外。不然，就不会产生喜乐与忧伤。这只能算作一种未雨绸缪罢！

能这么说吗？好像自己又拿捏不准。

实际是，说什么？怎么说？我刚来不久，一切都还言之过早。不过堆叠起来的层层期望，从登上南航CZ6885次航班那一刻起，心里就有了那样一种期待，且这种期待又深又浓。人未到曲云其，就仿佛，满村满院，开满的花，一朵一朵，鲜艳、芬芳；悄然里，就在眼前，花开、花落，一地，一片。这个季节，在喀什，在萨依巴格乡，在曲云其村。杏树、桃树、梨树、苹果树，甚或还有别的开花的树；斯时也，村前村后，房前屋后，树上的杏花、桃花、梨花、苹果花儿，等等树花，都在梯次地绽放，像是祭品，物什都成了神器，到处成了神灵，大约都是世世代代聚拢来的灵魂，花花绿绿的世界于此时春夏的季节尽情绽放绚丽，并不仅仅是装点人们的视野。

此刻，树花转瞬撒落得无影无踪，但由它孕育的果却结满了树。我只是静静地站在院子里看着。南疆这么空旷，漠风总在吹，更何况花儿呢？即便是来不及观赏，都落了。那又有什么呢？但只要我们守好它，依然会年年岁岁地，出来迎接着你、你们，我、我们。

拾肆

　　我的宿舍坐北朝南，每天太阳只要一出来，肯定先是给我打招呼的，我的同事邓康处就说，你这个位置不错哩！每天太阳都是先来给你问安。

　　是吗？我有些诧异。

　　但很快我就明白了，原来他是住在阴面，太阳照不到他，他只能通过窗户看到后院的土才和阿黄在他的视线里与太阳戏耍。土才和阿黄不是人，是和我们朝夕相处的两只土狗。刚进村的时候，沙依巴克乡李副乡长对我说，你们要照看好它们，它俩都是咱忠实的卫士啊！

　　初来乍到，这两个家伙对我们充满了敌意，所以一段时间以来，大家都争着和它俩联络感情，拿肉骨头喂给它们，果然现在不对我们吆五喝六了，甚至变得委婉而温顺。说心里话，我对狗，天生的畏惧。尽管它们对我不会另眼看待，但我对它们却无话可说。我暗自庆幸，它们不在我的视线内活动。

　　我只关注在我窗前那棵杏树上的两只鸟雀。

　　每天，我敲字敲累了就抬起头看它们，它们也正好好奇地通过窗棂在看我。两只鸟雀是恋人或是夫妻或是姊妹？我不得而知，看它们亲昵的样子关系应该非比寻常。

　　记得刚来那天，我打开窗户透气，那当儿就听见它们啾啾地议论着我这个新搬来的邻居，虽说陌生，但它们显得颇为大方的样子，泰然自若地瞪着晶亮的眼睛，看我布置房间，也会与我对视，虽相视不言，但那一瞬却让我心生感动！这是鸟雀吗？这分明是人世间两只可爱的小精灵呢！我敢说这世上恐怕再也找不出这般天真的生灵了。

那会儿我觉得它们应该还是两个小小孩童，羽毛未丰，像是初学走路的孩子，不知深浅地在杏树枝丫上东扑西跳，仿佛那棵树只属于它们，或许，那棵杏树真的就是它们的家呢！

现在，我与它俩相处甚欢，才个把月时间，我们已经很熟了，同时，我也看着它俩更加活泼了，可以从两三尺外的杏树上飞来趴在窗户上，啾啾地给我说东说西，甚或说到兴奋处，还会开心地大笑。它们在笑的时候，也感染得我不知今夕何夕了。

由此感叹：活着真好！

拾伍

我已经有二十七八年不曾写诗了，在曲云其这个南疆村庄，却有了一种写诗的冲动。

从一小队家访回来，脑子里尽是画面，顾不上擦汗洗脸，赶紧打开电脑，试着写了以下的长短句。

《乡村的歌声》（外一首）

我在曲云其村边
听见高音喇叭里歌星在比赛
与水渠边上那些正翩翩起舞的树的枝丫
它们是在为一群唱歌的鸟儿伴舞么
这分明是在为耳朵歌唱春天啊

从村里所有耳朵的朝向分辨
那是飞翔的合唱
而我听到的与众不同
迎头撞上麻雀、灰雀、喜鹊　不仅仅有耳朵
它们的歌声胜似百灵

春天的喜悦在鸟儿的喉咙里喷薄

渲染得渠里的流水跟着边跑边唱

我得承认是春天正在讲述最美的故事

所有的叶子沙沙作响

所有的眼泪闪闪发光

《乡村的路》

当我的眼睛落在乡村路上

亿万年的西部沙漠的流沙

依稀留下了秦汉唐宋足迹

谁说的路是人踩出来的

它一再地消失又诞生

时间的钟摆依然不紧不慢

条条道路不一定非到罗马

知道喀喇昆仑在见证着

懂得它比时间还要久远

但历史的皱褶会被轻轻地抚平

现在这条乡村路

总是兴高采烈

演绎着不绝的美

这充满激情的电动摩的在来回穿梭

视觉只要触及连接无垠的开阔

巴郎和克孜巴郎就从这条路上出发

还有什么比爱和欲望更神圣

这条乡村的路

愈来愈风驰电掣般

飞奔远方……

拾陆

好像有人在问我有关喀什雨的消息："你那儿下雨了吗?"

我说，从二月份来到这儿还没见过雨的模样呢！其实，这么回答用词欠妥。

老实讲，我和雨，有过几次擦肩，站在曲云其村委会大院，眼瞅着天空不远处，阴沉沉，密集了厚重的云团；黑压压，眼看着快要接近地面了，大伙儿都喊叫着跑回房间躲雨，谁知，那些密集的雨云，只是把人们赶进房子，却没有下来。

雨和我们开了个玩笑，这有点像久远以前我在乡村遇到过的一个片段，那会儿我们在院子玩得正疯，大人们都无法把自己的孩子叫回家，斯时，就听有人突然叫喊"狼来了！"俄顷，顽童们都跟着大人跑回家了……

以前的事儿已经遥远，但记忆深刻，至今难忘。

眼前的事儿，几位同事跑出去看，近在咫尺的雨云，原来它们是被塔克拉玛干沙漠上空的雄风推拉撕扯，硬是把云团撕碎了，成了一块一块的碎片。

真糟糕！

喀什整个儿春天几乎未能见到一滴雨。

怎么可能一场雨都没下呢?

心存疑窦。

我在键盘上敲了三个字：或许有。

这么说，有点似是而非。其实，这句话未免有些绝对化。假如，雨在夜间偷偷地来过呢？这个可能是存在的，譬如它真的来过，而我已经睡熟了。况且，这种气象太难琢磨。

其实，这个世界上不可捉摸的事物远不止此。

稍早前，在我们尚未住进曲云其时，我听到过关于南疆发生的一些怪诞事儿。譬如，某个村庄的某个人不在这个世界了，我们且不问他（她）是怎样的原因离开这个世界，人走灯灭，这对亲人们来说，那都是一件最最哀痛的事儿。但是，在南疆，面对这样的悲伤之事，一些人已经表现出无动于衷，变得毫无悲悯之心。不仅如此，若是谁家嫁女或儿子迎娶新娘，也没有人觉得那是件多么高兴的事儿。把这种简单的事儿概括起来讲，那就是遇悲不悲，有喜亦不觉喜。

这种情景的确有些不可思议。

我去南疆不止一两次了，还不曾看见过或听到过这种现象。倒是遇见过谁家姑娘出嫁巴郎娶亲的事儿，不仅遇见，甚至还会被好客的维吾尔族朋友邀请参加，在男女一对新人的婚礼上，和他们一起分享那一幸福时刻，并按照维吾尔族的婚俗习惯，在喜筵开始时，接受主人用水壶浇水洗手，然后依次围坐在地毯或毡子上。眼前已经铺好了洁白的布单，布单上早就摆满了喜糖、葡萄干、杏子、大枣、花生和糕点等，主人用烤馕、抓饭和羊肉招待我。当下大家便边吃边谈，异常兴奋，小伙子们则更是情不自禁地弹起"都塔尔"引吭高歌，跳起欢乐的维吾尔族舞蹈。但是像上面说的这种怪事儿，我还真的是闻所未闻呢。

这是真的吗？我前面说过，喀什朋友迪丽达尔曾给我说过，当时并没在意。

仲春的某个黄昏，村支部一名支委带着我们去走访。

在一个名叫亚森的老人家，努尔用维吾尔语和亚森打招呼，亚森老伴已经在土炕上铺好了棉坐垫，嘘寒问暖期间，他老伴拿出一张军人照片给大家看，我一看就是亚森本人，老式军服，准确说明了亚森老人参军的年代。一问果真如我所见。

老人是1962年参军，当年是为了戍边，斯时，印度大兵正在中国藏南蚕食国土。守土戍边，人人有责，亚森老人毅然报名参军。看着照片里当年那个英俊青年，心里就对老人尤为敬佩！

说起以往的光荣历史，老人轻描淡写，但对保家卫国之事，老汉强调这个没有民族之分。他说，作为中华民族的子孙，守土有责，且责无旁贷！

昨夜，一喜，真切地听见了雨声。

有人说新疆地邪，说啥来啥，适才刚说过雨，雨真的就来了。

雨来的时候，是风来给我通报消息，风走得急促，声音很大，似乎有意要惊动左邻右舍，它趴在窗户上使劲敲打，我就在心里对它说，别再敲了，我听见了。

我知道它是来告诉我雨的消息，没等我出门迎它，它就匆匆远去。我还等什么呢？兴奋地从床上爬起来，套件T恤，我走到院子。那一刻，雨就像一个分别已久的恋人，一下子抱住了我，它带来久违的凉爽，让我欣喜若狂。

雨不光和我絮叨，且调皮地登上了窗前那棵杏树，杏子们为了给它让座，一颗、两颗，纷纷从树上跳下来，甚至有那么几个发现我在院子里吧？居然也跑过来和我并肩而立，这些细微的举动，使我那么感动。

雨珠很大，滴滴答答，敲打着季节，也敲打着经年。

昨夜雨声，那么动听。淅淅沥沥，足足落了半宿。真美！

拾柒

这一段时间精神不在状态，每次打开电脑想敲字时，脑子里总会多多少少出现这样或那样的事儿。至昨天，觉得不可以再这么浑浑噩噩了。

算算，从乌鲁木齐住院归来已半月光景，除了正常的入户走访，再就是去庄稼地里看那些农作物一日日地不断成熟，这么一天又一天地过去，我愣是没有写下一个字儿。

也不是不想写，而是精神状态不好，精力难以集中，客观上找原因，大约跟天气有关。南疆一进入夏季，温度就会很快升起。我住的这间屋子西晒，太阳歹毒，极容易从墙外渗入，每天晚上，室内的温度都会高出室外，折腾得我不能好好睡觉。

幸有雨来慰问，心里稍安，这会儿坐下来敲字，就让浮躁的心灵游荡远处了。或许，这会儿正在远处某一处开着的窗子不管不顾地酣睡呢，或者正赶着羊群去了某个草场……

反正，去哪儿都不重要了，我只是想，暂且就让身心分隔两处。

说的意思，是我在故意忽略心事。

此刻，翻开早前在日记本里记录的零零碎碎，才看两页，想起前几日参加艾曼米丽再婚的邀请。在《曲云其的春天》那篇文字里，我曾向大家介绍了这位年轻的单亲妈妈，她在曲云其是个特殊人物。怎么个特殊呢？

她是村里唯一的一位民考汉大学生，从石河子大学毕业后，曾有一个薪水不菲的铁饭碗，之后结婚，成为人妻人母，日子好得就像做梦似的。

就在人们正对她表示羡慕时，幸福的花儿却开成了昙花，她的生活也因此而急转直下，男人走了，去找了个新的羊杠子（新媳妇）。艾曼米丽得独自带着她的女儿，去为生活打拼。

艾曼米丽毕竟受过高等教育，是个有思想的女子，既然生活和她开了个玩笑，让她摔了个大跟头，但她必须使足力气爬起来，努力地向前走，活出自己的样儿。

"三八"那天，村里女人们在村委会院子里的篮球场举办庆祝活动，主演是一位村里的女艺人，她年约五十岁，穿戴整齐，人显得精神，用时尚的话形容她，那可真是有范儿。

刚开始，她和另一个女人好像是说相声，你一句我一句，说的啥？我没听懂，但看得懂。谁知，接下来出了状况，主演的那个乡村女艺人竟旁若无人地号啕大哭起来。

戏是没法演了，下面有些女人陪着她哭，一个村干部告诉我，她是演得入戏了，把她自己的经历演进去了，男人好吃懒做，家里的事儿不但不帮她，反而挑三拣四，还好色。她越说他，他偏不干，家里的大小事儿都推给她，请人帮她劝说，他男人不思悔改，甚至把不三不四的女人带回家来。

艾曼米丽呢？也是突遭婚变，她是回不到原来单位了，成了曲云其村地地道道的农民。前面说了，艾曼米丽有知识、有文化。在乡村数年的沉淀，耳闻目睹南疆乡村之现状，让她萌发了改变姐妹们生活及精神现状的想法。

如今国家鼓励万众创新，全民创业，她必须乘势而上，在农业厅"访惠聚"工作队的帮助下，她把村里的年轻媳妇和姑娘组织起来，成立了曲云其村地毯厂，并担任厂长。居然也干得像模像样。

那天，努尔队长、邱建民、邓康处和我，一大早就跟着村支书来到艾曼米丽的家里，我想和她说说祝福的话儿，却没看到她。

　　该说的话只好给她姐说了，该享受的美味民餐也享受了。出了艾曼米丽的家，曲云其的清晨格外清爽。艾曼米丽，终于重新有了个属于自己的家。我们工作队所有成员为她高兴，也为她祝福！

拾捌

　　昨夜改稿，已至午夜时分，突然看到QQ闪烁，急忙点开，一个久违的、且很熟悉的网友名字出现在眼前，不免欣喜。是她么？那个七八年前常来找我的湖北籍网友小絮儿。

　　赶紧停下手头正修改的稿件。敲打键盘，问："你是絮儿吗？怎么回去了就玩失踪？"那边，立马回我两个字：稍等。

　　絮儿是湖北宜昌人，七八年前吧！她出现在我的QQ内，开始并不晓得她人在何处，身在何方？总之，就那么出现在我的视线了。时间稍长，知道了她是在北疆奎屯垦区务工，先是跟村里人来疆捡棉花，捡棉花属于季节性活儿，一两个月就完事。别人都回去了，絮儿却留了下来，在一家茶馆做服务生。我当时有些不解，一些新疆的青年男女都"孔雀东南飞"了，这南方姑娘怎么会逆风飞扬呢？

　　一次闲聊，才知道她技校毕业后找不到合适的工作，闲呆也是呆，就跟着当年捡棉花大军来到了新疆。大约是在朋友空间里看到我写的文字，说很喜欢。又说，她从上小学起就喜欢作文课，语文老师总鼓励她，这让她滋长了当作家的梦想。在朋友的帮助下加了我的QQ，反正就那么认识了。

　　有天晚上，夜已深，我正准备关掉电脑，突然收到一条短信，是絮儿发来的。说是被治安人员收留了，理由是找不到身份证了。我突然记得前年曾采访过的一个派出所所长，立马打电话给他，真是无巧不成书，正好

是他的辖区。我便把絮儿的情况说与他，一个拾花农民工，怎么会是来路不明的人呢？身份证一时半会儿找不见，也说明不了什么问题。很快，那边便弄清楚了，絮儿便给我留言表达诚心的谢意。再后来，她说要回老家，家里逼她回去相亲。还说希望能在乌鲁木齐与我见上一面，我当即满口答应。就在当年三月，当她途经乌鲁木齐时，我却因去北京参加一个短期培训而未能践诺。那天，她在乌鲁木齐给我电话时，我人已在京城，向她表达歉意。她说还可以找到再见的机会。末了，她还安慰我 —— 人生何处不相逢？并约定来年阳春三月见！至此，再也没了她的一丁点消息。

此刻又是三月，如在南方，这个时候该是满目的春意破茧出壳了。季节也会在这个时候，用温柔把尘世包裹。人们也会在这个时候纷纷走出户外，踩着草木的碎影，安静地走在黄昏的林荫道上，任阳光的阑珊落在身上，也落在周遭。

此刻，絮儿出现了，欣喜之余，我却百感交集。心想：光阴真的就像一首诗！无须言语，那灼灼的春意便落了满满，感恩岁月赋予的所有 …… 终于，那边回话了，说："贾老师好！我是阿旺，絮儿的男友，她之前应该给你提说过我吧？"

是的，是的！我想起来了，絮儿提说过阿旺 —— 她的同学，也是她的对象。两个人打小就在一个镇上，两小无猜，一起上学，一直到了两人同时考进当地一所职业技术学院，毕业后自由恋爱，但家人不同意这门婚事。

我赶紧问："当然说过，你俩结婚了吗？"

那边，阿旺抑制不住自己哭出了声。他拉着哭腔告诉我，说絮儿6年前就已经走了，是上了天堂，用一瓶敌敌畏结束了自己的生命。今天之所以找我，是他在整理絮儿日记时，发现絮儿要见我的出行计划。这是她的一个愿望，人死不能复生，但他得替絮儿来完成。好在絮儿有我的QQ号 …… 没想到很快就看到了我的回应。阿旺说，等到秋天一片金黄的时候，他会来新疆代表絮儿看我。

这真是让人揪心的哀叹！

无论如何，我是再也无法入睡了。

呆坐在电脑前，阿旺已经向我道过晚安下线了，时钟滴答滴答正一分一秒地向前走着，一如光阴从指尖绕过，我打开窗户透气，夜里空气柔和，窗外草木依然昏睡，房前屋后也没有声音。仿佛，一切都在不动声色中就会从心底细细密密地冒出，打量着我这个无眠者。

它们想干吗呢？也许就像雨后的小草，躲藏在土层下面，等待着几次浇灌，然后勃勃生长开来，再深情蔓延，染绿新疆之春。

人啊，要走过多远的路，才能把一颗心妥帖地安放在素白的光年里。从晨曦到日落，从春暖到冬寒，这一生有着多少故事等待尘封，又有着多少相遇成为过往的风景，一如絮儿，她可知道此时此刻我在回忆？

罢了！活在这个世上的人，只要活着，都会在无涯的岁月里逃脱不了喜乐悲伤，生离死别。也许，唯有真情才可以供养出一地繁花，那些历经的曲折，迷惑的困顿，大体都是自然赋予人类的一个经历，让我们可以在思索中丰富阅历，在沉淀中开启智慧。

就像，阳春三月这个日子，浓浓的生机丰盈着不断拔节的生命。轻掸岁月尘沙，就把些许的怅然遗落在过往的风里吧！然而，流年的脚步总是那么匆匆，而我们余下的一生既快，又短。

此刻，满脑子尽是已往和絮儿交往的日子，那个灿烂的絮儿，她在世时曾受过伤，亦曾纠结无措，倘若当年她能将那些流逝的过往都沉浸在一片温情中？或许，再汹涌的悲伤也会被温暖所稀释。光阴沉淀下来的必然会是馨香，因为人心有暖，岁月不寒……

呜呼哀哉，但一切都已晚矣！

不知不觉间，时间就从窗外流走，差一刻钟就黎明了，这一瞬，我却在想：絮儿能从一朵花中醒来么？

　　我要给阿旺写一段文字，这个失去了恋人的小伙子。絮儿已去经年，既然追她无望，那就该好好珍惜眼前，与喜欢的人做快乐的事，不伤感，不情执，凡事顺从心意，倘若真的还过不了失去絮儿的悲伤，那不妨交给时间来成全。人生何需更多，只要以良好的心态处世，若能，将平常的烟火过成一种浪漫，也不失为一份圆满。

　　我坚信，季节的风声一定会在不久的将来吹开层层绿意，吹开沉睡的日光，当生命的底色在素白里被点缀得五颜六色时，一切都能妥帖安详地放在光阴里。想来，能照亮你我的，必然是世间一切向阳的美好，还有我们自己的光。

　　早安，世界；早安，我在祝福天堂的絮儿，还有人世间的阿旺。也许，人生就是在每一天的憧憬里完成了成熟的蜕变。

　　此刻，我已经开始规划，赶赴一场回内地的春天约会，南方归燕呢喃；故乡商洛溪水潺潺；还有云朵下飘落的雨花，只要有风刮过，便会有馨香袭来。我是多么欢喜地走在南方和北方，顺时光柔软而缱绻，让心情温暖而生香，就让自己在这诗情画意的季节中，游走吧！

　　絮儿，若你喜欢，请跟我来！

拾玖

　　四人前后跟着穿过巷子，走在村庄马路上，混凝土路指引着我们前行，路边渠沟流水，村民家的墙上大多刷了红漆。三三两两村民骑着电动车从我们身边驰飞而过。

　　四月里落下的，皆是微凉。从高处，从远处传来，参天杨的混合重唱，偶尔停在头顶上，抬头仰望，很茂盛。这条乡村公路，还真是有些长，再长，我至多走一年，但村里乡亲们是要用尽一生来走。

　　维吾尔族同胞好栽树种花，人间四月，家家院落，都有盆罐的花草倚在墙边。一缕民乐声在远处隐现。或许是艾曼米丽那边正载歌载舞吧？突然发现，路边的栅栏呆立在人家的院门口。

　　一幅极其温馨的画卷，它足以与陶渊明的"桃花源"媲美，我真心地祈祷，愿它永远留在你、我、他的生命里，永不消失。

　　我们和曲云其村有了成百次接触，仔细观察，整个曲云其村庄排列有序，脚下这条乡村道路引领着村庄的一个个路口，路就是曲云其伸出的手臂，沿着这条路就可以进入村庄温暖的怀抱。每次进村，仿佛那一刻，心灵的泅渡，返璞归真。

　　从2月离开乌鲁木齐至今，知道我在喀什驻村，不断有乌鲁木齐和内地的朋友打来电话，询问我在村里的生活和工作。我能说些什么呢？我来到曲云其，其实是一种归来。一个人只要归来就会被深深地感动。像一棵树，在一方泥土萌生，一切最初都来源于此，这是一生探究不尽的一个

源路。

其实，人，不过是一棵会移动的树。他的激动、渴望，都是这片土地给予的，并经与四周丛绿一起呼吸，一起生长。多少年过去了，回头看旧时景物，就会发现时间改变了这么多，又似乎一点儿也没变，绿色与裸土并存，枯树与长藤纠扯；一棵童年时的老槐与它荫蔽里栖息着的一双双疲惫的翅膀也一块找到了；还有那一把把向土地磕头的坎土曼，一生笔直行走的犁铧，以及衔着鸟语花香、香火和儿女的农舍……流浪归来的村庄更美丽。与村庄有关的一切，在我看来都是那么熟悉，新鲜，亲切，它与我人在何处、身在何方无关，但凡土地、村庄却与我有关。

一个人只要归来，就会寻找，只要寻找，就会如愿，多么奇怪又多么朴素的原理啊！

老实说，我写过许多篇关于树的文字，写多了树，自己就想做一棵树，扎下根须，抓紧泥土，化为村庄土地上的一个器官。这样，一个人消失了，一棵树却诞生了，生命仍在，只是性质得到了转换！

现在，当我站在村庄一排参天杨下看树时，竟觉自己也列入其中，而且正在与树一起呼吸，一起感受着生命的张力。

蒲公英正艳，它是从草长莺飞的春天绽放，一开就是几个季节，有人说它是春天最早醒来的花儿，这个我有资格鉴证，第一次走访的时候，我是在买买提依明家里那顶大棚边上发现它醒了，那会儿我不晓得是不是它喊醒了大地？

其实，任何一朵花儿都是植物的心灵，是一棵树或一棵草的灵魂，灵魂或许不会流落，它已注定和村庄、土地系在一起。

贰拾

我是比较迷恋树的。事实上我也没法不迷恋她啊！

曾经多次在不同场合说过自己喜欢看树的嗜好，在名声远扬的秦岭深处，我在那儿生活了十七八年。我的故里山高沟深林密，是国家林业重点保护区之一，那地方生长有上百种树，其中包括一些珍稀的树种；像与恐龙同时代的桫椤树，开粉白色的花儿，花为串状，其形独特，艳而芳香，花期竟会持续50余天。当然，那绿色植物丛生的世界，给了我太多太多的记忆——关于树的故事。

需要给大家说明的是，我迷恋树，不仅仅因为树在夏天能为山民遮挡炎日，冬天能为山民提供取暖用的木炭。重要的是那些树曾救过父老乡亲的性命。

如果我没记错的话，那时正是共和国最困难时期，自然灾害，使乡亲们的日子极其艰难。地里的高粱死了，豆子蹦了，麦穗落了，苞谷霉了，红薯孬了，家家户户几乎是米光面净。怎么办呢？只有去挖老鸦蒜，割红薯藤，拔芥芥菜，反正能吃就行。不过，能吃的野菜毕竟是有限啊！再怎么办呢？人们自然将寻找食物的目光扩展到树上：榆钱儿、软枣叶儿、香椿芽儿、槐树花儿、葛条根儿、白桦皮儿，管它什么能填饱肚子就成。真难以想象，如果没有那漫山遍野的树，我的父老乡亲又该如何熬过那段艰难的岁月呢？

草木作为大地生命的基础，是食物链中的生产者，它通过光合作用滋

养、呵护着芸芸众生，即便是"霜景催危叶，今朝半树空。萧条故国异，零落旅人同"，但那残落的树叶也情系大地，谓之"落红不是无情物，化作春泥更护花"。

生活在乡村，看惯了各种树木。乡村简直就是树的海洋，风拂过，绿涛翻滚，蔚为大观。而在城里，能有一棵百年以上的树，甚是稀罕，物以稀为贵，便尊为神。

在曲云其，只要有空，我就喜欢到窗前杏树下坐坐。坐在这棵杏树下就会陷入沉思，或许这是自己与树有某种心灵的感应罢！坐在树下，我可以聆听到树的呼吸。

树和大地一样，从不言语。可我始终坚信，树是有思想的。我们可以尊称它为哲人，是思想者。不是吗？树可以一活就是百年千载，看到的世事，经受的风云，比任何一个长寿的人都多，想想看，这样一个生命体，它能没有自己的感悟吗？一棵树，确实值得人去敬重。树把自己的思想都写在枝头，都刻在叶片上，让每个路过的人自己去细细领会。

曲云其的乡村公路两边，站立着参天大杨树，我喜欢与同事在午饭后去那儿遛弯儿，每当从树下走过，都会情不自禁地驻足，甚或在树下站立一会儿说说话。有家长里短的，有村里的工作，凡此种种，树都看得一清二楚，说不准它还能洞察到每个人的心思，只不过，树洞悉了人的秘密却不言语，树不会道破我们间的秘密，恐怕树有自己的原则罢！我想，树是讲道德的。

树见多识广，至于各种各样的人，树是见惯不怪，顺其自然吧!？

当然，百密一疏，也许会有记不太清的时候。我自信树应该了解我，人生半百多，我一直单方面坚持和树有着千丝万缕的瓜葛。现在，喀什的艳夏，特别是阳光炙热的午后，一棵树就能成为一张巨伞，坐在树下，如同来到天堂，一屁股坐在草地上，真要比沙发舒服多了。

我现在已经习惯了坐在窗前张望那棵与我几乎亲密无间的杏树，在整个三四月间，我眼看着杏树是如何在窗前开放的。在阳光的沐浴下杏花竞相绽放。有的全开了，露出了粉红色的花蕊；有的半开着，好像不愿让别人看清她的真面目；也有些含苞欲放，饱胀得马上就要破裂，又好像是一个害羞的小姑娘，迟迟不肯露面。我只要打开窗户，就能闻到杏花的特殊清香味儿。有时，我会拿着相机出去拍小蜜蜂在花丛中辛勤地忙碌着的身影，我会为之感动！甚或，它们在夜间开展竞赛时的声音我都能听得明白。

杏花的花形与桃花、梅花有些相仿，含苞时纯红色，花开后颜色逐渐变淡，花落时变成纯白色。核果圆、长圆或扁圆形，与梅果相似，现在，它们都成了金黄色。有许多朋友来这儿看望我们，我们都会让他们摘杏子吃，还没有听到人说它的不好，而是发出"啧啧"的赞叹！

除了看杏由花成果的生长过程，再就是欣赏树上的鸟儿了！它们天天给我歌唱。看它们在杏树上兴高采烈自由地上下翻飞，我能想象出鸟儿是怎样的快乐，如果不是，它们的歌声就不会是如此嘹亮清脆、悦耳动听了！

树好比人，这是我对树的最大感受。

常说百人百性，树呢？树也各有性情，我的祖父曾给我描述过树的性情，树的性情也和人一样，有温和的、有强劲的、有活泼的、有沉默的，除此，树也和人一样，有着生命的四季。人的生命的四季是由童年而青年而中年而老年，树是由开始的淡绿、浅绿、灰绿，继而墨绿、油绿、葱绿；若是到了"一年一度秋风劲"时，树的颜色便由青黄、淡黄，到而后的金黄、枯黄，直至落叶缤纷。

树和人都是沿着这样的生命轨迹发生着变化。于是，也便有了千姿百态的树，形形色色的人。我已经在曲云其村历经了整个春天，拜访了村子里许许多多的树，跟我交流最多的其实就是我住的院子里的几棵果树，如桑葚、杏树、蟠桃、核桃、苹果，当然也有不结果的塔松。我没事儿的情

况下，会站在院子里这些树下，倾听它们的诉说，也便了解了树的沧桑，感受到了这些树的生命张力！其实，无论怎样的一种树，都会令人怦然心动的。

贰拾壹

昨夜，有朋友在我空间里留言，说老贾啊，怎么会为文字纠结呢？身体要紧。写不写都不重要，重要的是你得照顾好自己啊！我回他，倒不是为文字纠结，而是心在纠结。想想，离开乌鲁木齐时自己曾给方厅说的话。当时，方厅对我说，这次下去一定要发挥你的特长，把"访惠聚"工作好好写写。我不假思索地给方厅拍胸说，放心吧！我会的。事实上我是有这个打算的。如今放任自流，眼看着时间一天天过去，心里难免有些焦虑罢。

如果，单纯的只是写字，那就简单多了！写字是一件很随意的事儿。现在不像年轻的时候，已经不那么逞能了，若想写，打开电脑随意地敲字便是。前面说了，都怪自己懒惰，提不起精神。神情恍惚，心就不跟我一块儿，总怀疑它是跟着杏树上的雀儿，不知飞到别的什么地方去了，或者赖在地上撒泼打滚儿不肯起来。它要这样，我也无法，只得宠着它，一任文字的园子就这么荒着。末了，自个儿给自个宽心：不就是几日罢？没有啥了不起的！还不至于弄到鸡飞狗跳？遂由着日子走吧！

每日清晨，一睁开眼，就倾听鸟鸣雀唱。除了跟着大伙儿去家访，再就是把大好的时光，流放在散漫的院子里。或坐在窗前，端杯茶，眯上眼，散开自己的心思去随意畅想；或者站立在院子里看那些杏子天天由青变黄，看桃子渐渐成型，看桑葚已经零散得不忍目睹。反正就这么赖着，任时光，明明亮亮地摆在眼前，白白地撒落一地。

忽然，有些善感，不想说话。

有两位相处很紧密的文友，我知道他们时刻都在关注着 —— 我的生活、我的身体状况、我的写作进展。这两位一个是可亲可敬的兆昆大哥，他姓张，曾任解放军某部政委，大校军衔，是著名的军旅作家、书法家；另一个是林宏伟小弟，他曾给兆昆大哥当过驾驶员，算是我的乡党（当然关心我的不只他俩）。在兆昆大哥的关怀和培养下，宏伟成长为一名作家。我知道他们心疼我，尽管我们相隔千里，但他们对我的嘘寒问暖，让我心生感动，我有什么话也都会说给他们听，尤其是不痛快的事儿，愿意给他们倒出来，不给他们说，还说给谁!？

总闷着，性情不太好。但我习惯于忍，不会是那种遇到不敞亮的事儿就噼噼啪啪的人，爆豆般一通抢白发泄，疾雨夹着大风似的。我知道，心急，说话必失分寸，虽痛快了自己，但会伤了别人，把情绪转嫁，这个，我做不出来。再说，人心都是肉长的，干吗要让人家不痛快呢？

村里，路旁，栽有月季。这种花儿，不要说香气，就是颜色，都浓烈得让人快活。看它们攒足心劲，朝气蓬勃的模样儿，就觉得还是年轻好，这样的脾性谁不喜欢？年长呢？年长就是丁香了，什么都收着，望去，很安定的样子，渐渐明白，很多时候，说不说其实都一样，与其这样，倒不如不说的好。

有时，我也会在院子里莫名其妙的发呆，要不就到后院去跟土才和大黄玩耍，给它俩梳梳毛，和它们说说话儿，也觉得蛮有意思呢！土才，算是个调皮的小伙子了。只要我一蹲在它旁边，它就先伸伸懒腰，然后站立起来，跳舞给我看。甭说，还真有点街舞的味道；大黄到底年龄大些，显得有些老成，我一去它就把头低下，一声不响地钻进它的圈里。我一看它这个样子，就不想和它玩了，随它去吧！

土才招人喜爱，它喜欢把前爪子送到我手里。抚一抚，它就趴下，或者仰面对着我，说它像一只绵羊，倒不如说像只讨巧猫咪。

有时，还能看到鸽子。花花白白的一群，东南西北的穿梭。天空下，阳光里，白或灰的翅膀扑扇扑扇。它们飞的阵势壮观且很优美，仿佛迎风横斜的一枝梅花，朵朵饱满，疏密有致。莫非跟人一样在跳广场舞吗？老实说，我很喜欢看它们飞翔的翅膀，也喜欢听它们在掠过头顶刹那时发出的声响。每次，我的眼睛都要追着它们，追得老远……

去村里走访的时候，喜欢看杨树，是茅盾赞叹的那种参天杨，笔直的树干，像顶天立地的汉子。去年到阿勒泰采风，阿勒泰市委宣传部杨建英部长也带我去看了阿勒泰的杨树，南北疆的杨树相比较，我倒觉得南疆的杨树比北疆的杨树更像汉子，它们认真地履行着保卫村庄里的人和土地的安全责任。曾有人看到我写的《曲云其的杨树》问我，你们村里的杨树真就那么好吗？好在哪里？我以笑作答，反正，我觉得好就够了。不想回答，是因为怕累。有时，会遇见，一两只大喜鹊落下来，站在树的枝丫上喳喳叫。身边，或者有一辆车子，一溜烟似的驰过。

走得远了，再回头。发现，曲云其村，躲在夏天的浓荫里，还真有点美不胜收！

贰拾贰

去地毯厂，发现艾曼米丽的女工们，差不多都是带了孩子来上班。女工们四人一组，成排而坐，她们怀里除了有毛线，手里有工具，怀里还躺着孩子。那些稍大一点的男孩或女孩，或趴或站或摇摇晃晃地移动，让人多少有点揪心，和艾曼米丽谈说此情，这怎么能行？不影响产品的质量和效益吗？

艾曼米丽耸了耸肩膀，两手一摊，眉宇间挤成一个"川"字，说正为这发愁呢！目前在地毯厂上班的女工将近70人，有很多单亲妈妈，即便是再婚的，都是这种境况，孩子年幼，没人照看，不说别人了，就是她自己，也是没办法，但想要改变自己，就得带着孩子上班。

艾曼米丽说，她也清楚这种情形肯定会影响地毯厂的发展，且不说产品的质量和效益，一个家庭矛盾就够人头痛的。

家庭矛盾？我有些疑惑。

艾曼米丽扳着指头数，譬如婆媳关系，媳妇一早就去上班，家务事一点忙也帮不上，说是挣钱去了，但没见钱的影子；还有夫妻关系呢？媳妇天天起早贪黑，还要向老公要钱花，如是脾性好一些的男人，抠抠搜搜多少还是会给自己的女人一两块钱，如是遇到一个蛮不讲理的，必是满嘴脏话，说女人不要脸，自己挣的钱呢，还问老公要。再横点的，那就动粗了，这事儿不是没有遇到过。

努尔队长私下里和我商量，看来咱还得帮地毯厂建一个托儿所，把那几十个孩子集中起来看管，一方面解决女工的实际困难，解放生产力，提高工作效率，好让她们尽快见到效益；再就是让孩子们过集体生活，有益于成长，又开发了智力。末了问我意下如何？我不假思索，好事啊！

说干就干，当下分工，托儿所场地由他找村"两委"协调，我负责动员社会力量筹集托儿所孩子的用品，诸如小书包、小画书、大小玩具、智力开发器具等等。之后，我又和邱建民一起去县教育局汇报此事，希望能得到当地有关部门支持。与此同时，我给厅团委书记打电话，请她在"五四"青年节活动期间，搞个公益捐赠活动，帮曲云其村募集些孩子的用品；又给我的社会朋友圈发信息，很快得到了浙江骆梅姝、广东罗红、湖南的灵莹、乌鲁木齐的马红、库尔勒的侯莉华等各地朋友十余人积极响应。可谓一方有求，多方支援。一批批儿童用品用具，陆陆续续寄至曲云其村。

托儿所办成了，虽然有些简陋，却是我们集群策群力，为曲云其村的学龄前儿童做了一件应该做的事儿。是一件有益于社会、有益于曲云其村未来的发展和进步的事。

托儿所紧挨着村中心小学，一间校舍，地上铺了红色的地毯，与地毯很般配的是大大小小的玩具，旧屋子改头换面，仍然有了些新意，窗帘是新的，为努尔队长亲自所选，其他饰物，仍显简陋。关键我们喜欢呀。那天我去托儿所，脱了鞋子席地而坐和孩子们玩。以我自己的体验，觉得，其实人离地面越近越好，离朴素的东西越近越好。和孩子们坐在地上，我又回到了童年，无忧无虑。

贰拾叁

　　抽空出去了半天，实际是去县水利局、交通局协调村里的惠民工程项目，结束后我要邱建民带我去剃头。在疏附县城一角，和漂亮的老板娘说：剃光头，别用理发推子，用剃头刀。老板娘有点诧异，愣怔了一下，问："真剃光头？"我看着她，点头确认。

　　老板娘亲自操刀。她先给我围上毛巾，再围上白围裙说："请弯腰洗头。"洗呀，洗了一会儿，将我扶起，用一条湿毛巾，擦了擦脸上的水珠。再拿起剃刀，在刀布上蹭了几下，才开始剃了起来，"嚓 —— 嚓 ——"动作相当娴熟。

　　她从后脑勺剃起，剃过的地方有一股股凉意，没有一点疼痛的感觉。不一会儿头发就被剃光了，再用毛刷在头上涂了些皂沫，从四周的发际向上剃，完后又刷了些皂沫，从顶部向四周剃，又是一遍？她用热乎乎的湿毛巾在光光的头上擦了一遍才结束。我下意识地摸摸头，光光的没有一点扎手的感觉。

　　其实，刚才是有点担心的，虽说是老板娘亲手操刀，但我觉得她还年轻，也就三十六七的样子，她会剃头吗？我快奔六十的人，经历理发的事儿已无法计算，还第一次看到年轻的女子给人剃头。担心归担心，结果是虚惊一场。

　　给她钱的时候，她说剃头刀很久不用了，现在哪有人还剃光头？你是我开店以来第一个！我说，我在村里，来一趟县城不容易。话外音是告诉她：我懒，不爱出门，也不爱打扮。但我心想：或许，歪打正着，变时髦了。

第二天，农业厅"访惠聚"工作队总领队鲍厅长通知我们，说是艾克拜尔厅长要来我们村检查工作，同事邓康处笑着对我说，你真是赶得太巧了！是知道厅长要来？专门去县城剃头。我无言，丑媳妇也得见公婆罢！那又有何妨？

厅长按时到达，一行人里还有喀什地区行署专员，县委书记等地方官员，鲍厅陪着艾克拜尔厅长进到我们院子里，老远就看到了我的光头，打趣说，老贾同志，你是向厅长明志吗？他话一落，大家都笑了，我也跟着笑，看来形象大"好"。那就在心里沉浸且安吧！

是夜，整理日记，看到QQ头像闪烁，谁呢？这么晚，还爬网？急忙点开，是厅里同事，问我，头整得那么亮啊！奇怪，问在哪儿看到的？同事说是在农业厅工作群里看到的。恍然大悟，原来是跟厅长下来的秘书写的报道，在文字的插图里，我的光头被别人的相机镜头"咔嚓"了。呵呵……

贰拾肆

南疆迈过春天，凉爽的日子就不多了。

刚开始，如小桥上晚风低回。好像才过了不久，气温就迅速攀升，倒是早晚稍凉，白天没雨，夜里偶尔来雨。多半的时间是看不到雨的，它们是在我睡熟的情况下偷偷摸摸钻进院子里的，夜里没有鸟声，我想，莫非鸟声被淋湿了？所以，鸟们不言不语。

我之所以判断没有雨，是因为看到那些禾苗，全赖在地皮上不肯长，一派萎靡的样子。我呢？自然是赖着——床上一横，大睁着眼，等着雨来，听清寂来。遗憾，雨还没来，我却入梦。

唯独上一次，有风助我，让我第一次在曲云其村听见雨声淅沥，很深远，站在院里，凉意横陈。檐下，雨珠，滴答，滴答，落在周遭。回到房间，还想听雨，打开窗子，能听见雨声连成一片，就像风过树林一样，感觉很近，听来亲切，也叫我兴奋！

叫人兴奋的不仅于此。

春天，我们把院子里那些能种的土地，深翻了一遍，种上稀有的红花，给它浇水，过些日子，居然满地森森，之后，见天地茁壮，蓬蓬松松一大丛绿叶子，一枝无数粒花骨朵儿，优雅，饱满。唐朝诗句结伴走下云端似的。预计，会壮大成一大片的。这个时候，开始绽放出艳艳的橘红，蓬蓬勃勃，开起来，总算得到些慰藉。

眼下，红花已经开成一大簇，在夏日浓翠里，很耀眼。艳，却不妖不媚。定睛看过去，很安静，还有些清冷的味道，像女子眼眸里婉转的话语，含蓄得醉人。

某日，和努尔队长蹲在那儿看红花，说红花对人体的益处，忽然就觉得，古人很有美感。给花草起个名字，也极讲究，韵味十足。比如茴香，比如薄荷，比如丁香。这些，无论是哪一种，听来都很婉转。

茴香，我在村里农户人家的院子里看到过，长得半人多高，绿叶莹莹，花如莲蓬。想到这些，会心一笑。

至于，我们菜地里那数株似丁香样儿的花儿，我曾建议努尔队长干脆把它挖了，正好被一村干部听见，说是不必在意它的，它占不了多大地方。我知道，南疆维吾尔族乡亲喜欢种花植树，也就罢了，留着看它盛开的美丽。

之后，每天早晨，出门散步经过那块地，都要乘机看上几眼所谓的丁香。那丁香，现在差不多已经一人高了。每簇，细瘦的几枝。每枝，尖上挑几片叶子，懒洋洋地生着，很随意的样子。在风里，阳光里，云天下，房舍旁，越发地妖娆起来……差不多经过的人，都会经不住色诱，驻足，多瞅它几眼。

我觉得不能就这么似是而非，但请教了很多人，仍无人知道它的倩名，到底是什么花儿呢？

突然听见，鸟鸣在不远的树里，正与风缠绕着。有人在门外叫我，不说也罢！

贰拾伍

　　首先声明，我要说的乡村女人，并非曲云其村里所有的女人，我没那个本事，能把老的少的一个个点出来说，但至少热依罕古丽我熟悉。

　　有天，我叫小艾跟我去拜访妇联主任努尔古丽·吐尔逊，她就在我们前院。我俩出了门左拐，村委会第一间办公室就是她的。小艾敲门，她出来见是我俩，就把我们让进房间，小艾用维吾尔语把我的来意告诉了她，她表示一定配合。

　　我问，像热依罕古丽这么能干的女人村里多吗？她笑了，说曲云其的女人都能干。我脑子一下子又闪现出"三八"节看到的那一幕，努尔古丽不假思索地说，算你问着人了。以下就是她讲给我的故事。热依罕古丽 —— 曲云其村一个能说相声的女人。

　　知道我俩有多好吗？好似又不是。常因为一件事儿意见相左，弄到谁也不搭理谁。

　　比如邻家二妹离婚那件事儿，那男的好吃懒做，还整天骂骂咧咧，从未给过二妹好脸色，似乎二妹做啥事儿他都看着不顺眼，早该离。你说，这二妹干吗把自己一生塞到那家伙手上？人得活出个样儿！她听后，却瞪眼问："那你说她的巴郎子、克孜咋办？别人又会在背后指手画脚。"

　　她不止这样说，脸上还要落一阵冰霜。甚或突然就暴风骤雨，那雷声很大！能震得人耳朵都疼。若接着跟她摆理由，她会气得眼红，甚或撇下我，一个人气哼哼地走掉，仿佛我是个妖婆子。

可是，只要有点事儿，又爱凑在一起雀儿似的叽叽喳喳。说到艾则孜受处分被调动一事儿，她说："嘿，不当官了，却多个巴郎子，这好事啊！她这么说，就觉得不对劲儿，是非总须两分明吧……"她得意似的笑，眼睛能笑出泪花。

热依罕古丽就这么个人，有点犟，还爱耍点小聪明。

除了脾气大点，也算是个好女人，过日子绝对是把好手。几乎家里所有的事儿都是她一手操持。有时也发牢骚，说自己跟老驴似的围着家转，任劳任怨，从不知道累。

说起来，也不是脾气多么坏，算是个急性子，见不得谁不争气。有时，心情不爽，说着说着眼里就噼啪冒一通火星子，话未说完，就扭身，一溜烟儿疾风样儿转过墙角，噔噔噔地走了，好像是被谁气走了似的。这脾气，说啥都一竿子到底，不给人留个颜面和转圜的余地。不过，急性子、火气大，却心肠极软。嘴是嘴，心是心。

很多时候，在别人遇到难处时，她都会主动去帮人家，嘴上唠唠叨叨，该干啥就干啥。抱怨唠叨永远只围绕两个主题，一是巴郎子，一是男人。孩子永远不听话，男人永远都在外面拈花惹草。

说孩子，就皱眉头，巴郎子一点儿也不省心，啥时候能像人家的巴郎子？男人就喜欢往外面跑，冬天的时候喜欢蹲到土墙根晒太阳，猴模猴样，还花里胡哨，吃着碗里还瞅着锅里，一看就让人瞧不起！像谁呢？不说也罢！

努尔古丽不说了，但我觉得这种事儿在南疆农村应该有。

努尔古丽说，关于热依罕古丽的事儿，你可以写到书上，可别用真名，她是个很要面子的人呢！虽然在人面前口气凌厉，但在家里一句高声的话也不敢说，她男人嘴馋皮懒不说，外面遇到不畅快的事儿，回到家就没好气给她……

有人说，热依罕古丽命苦，嫁了个恶人家，婆婆活着的时候就不是个善茬儿，耷拉着嘴角眼角，一副刻薄相。爱皱眉，眼睛阴冷。脸上，总绕着一团黑云，是个会享受的人，穿着吃喝都精细讲究。不太做事，但是家里的大拿，谁惹到，有理没理都要掰扯出满身理儿。像这样的女人，子女能有好样？

热依罕古丽真是嫁错郎了！

热依罕古丽除了个子矮点，其实挺漂亮。但她一唠叨，立马让她不漂亮了。其实，大家也都同情她。也会暗自吃惊：之前那个爱说笑的女子咋变成这副模样？在大家的印象中，热依罕古丽是个山明水秀的人。那个她去了哪里？

也或许因为家庭，那天在村委会大院给女同胞讲故事，讲着讲着，低头，失控，哭了。

我有些吃惊。极少见的场面。在我眼里，这女人有气质，大方得体，说话时总绘声绘色，没想到此刻却风云突变。就有点发懵。尽管我听不懂维吾尔语，但看她的神情，就觉得是个有故事的人。

反正，曲云其村里，有许多人或事，对我来说都是鲜活的，每件事儿都让人沉思，有的使人忍俊不禁，有的使人五味杂陈，积极或消极，都能催促人过好每一个日子。

前天，本打算把这一段零碎的采访记录归纳一下，县上通知去开会，竟是半天时间，回来后在院子里转了一圈，想到后院看土才和大黄，不经意间，竟在小道上发现一队蚂蚁浩浩荡荡似在搬家。蹲下来细看，有蚂蚁背着一粒饭渣，摇摇晃晃，奋力想翻过一块指甲大的土坷垃，执着而用力。阳光正艳，在蚂蚁身边飞舞。忽然，院子风声紧起，呼呼地响，裹挟得阳光都直摇晃。

这个季节的近午时刻，我脑子过电影似的，都是村里的人或事，一双双眼睛和断断续续的话语，像井底的水一样，深且凉！我属于多愁善感一类，我为曲云其村的女人们的善良，能干，吃得了苦，感到欣慰。也为个别人不幸的婚姻心生哀叹！或许，这就是生活，幸福的家庭是相似的，不幸的家庭各有各的不幸。谁说的？哦，应该是托尔斯泰吧！

天边，一大朵云，正慢慢升起。不知今夜，会否有雨？

贰拾陆

出去入户，记住了一个名叫萨迪克江的维吾尔族中年男子。

那天，村干部领着我们挨家走访，到了他家，一副铁将军把我们堵在了门外。治保主任斯拉洪把嘴对着门缝喊了一声，里面有女人应答，门里门外，一问一答，这才知道男主人到村里谁家去了。

斯拉洪走到一棵杨树下，他掏出手机喊男主人名字，这下我知道了，这家男主人叫萨迪克江。

不多会儿，男人骑着摩托回来了，打开院门，把我们迎进去。努尔和他坐在土炕上说话，仔细打量他，青黄色脸面，大眼睛，头发稍长，倒显得精神。只是，头发有些凌乱，我离得近，看得清有几根伸向头颅两侧。怎么看都像要飞的鸟儿，头一摆，翅膀一样地扑扇。甭说，我甚至，都能听见翅膀扇动的声音。

看队长和他交谈，笑模笑样的脸，很灿烂。我猜二人应该交谈甚欢吧？

我和邱建民、邓康处一起参观他的庭院，真看不出与村里其他人家有什么两样。倒是有一样觉得好看，那就是院子里的绿荫。杏树、桃树、枣树、石榴树、参天杨等，沿着院墙根依次排列着，又大又深，像一眼长满青苔的老井。不仅惹眼，还能让人感觉到一种清凉。并且，那绿荫里偶尔能听得见一种声响，滚滚而来。再仔细听，好像是风，风翻过了院墙，你得承认 —— 风是一种让人看不到却能让人感知到的东西，风进了院子，绿荫就像是久恋的女人，杨柳似的腰，扭来扭去，让那些树，陶醉得微醺的样儿，着实好看呢！

初夏的绿荫，已经茂密，密到能把鸟儿藏起来。

我是听到鸟鸣了，却不见鸟的身影。也许正因为这样，鸟鸣叽叽喳喳，带上绿意，才叮叮咚咚，水珠一样滴过来。

说找不见，那也不完全。偶尔抬头，又发现了鸟儿在振翅，从这处绿荫飞到那处绿荫，扑棱的羽翅声滑过屋檐。

斯拉洪告诉我，萨迪克江在曲云其是少有的富裕户，他本人在喀什开出租，人活泛，开出租的同时，也捎带做些别的营生，只几年工夫，家里旧貌换新颜，过上了富足的生活。在曲云其村，萨迪克江是数一数二的。

开始，并不相信，问努尔队长，队长说这个是真的呢！还说，家访的那天，萨迪克江已经向工作队提出请求，希望我们帮他组织合作社的事儿。到底是脑子灵光的人，萨迪克江说，一人富，不算富，他就想带个头，帮助仍在贫困线上的乡亲们脱贫。甭说，这件事儿我听了后，不得不对他刮目相看，心里有一种难以言喻的敬佩！

过了些日子，队长就把帮助萨迪克江组织合作社的事儿安排给了小王。当然，努尔队长安排王骞，自然是有些道理。萨迪克江想组建的是牧业合作社，小王的爸爸老王（因为还不知道名字，姑且暂以老王相称吧）是自治区畜牧科学院院长，近水楼台，至少，畜牧业方面的惠民政策要比我们清楚，联系起来方便一些。

贰拾柒

小王真名叫王骞。1985年出生的小伙子，毕业于新疆农业大学经贸学院，现就职于新疆农业土壤肥料工作总站（简称土肥站），担任站上的出纳。其实，我对这个小伙子先前不是很熟悉。去年，在我负责机关党委工作期间，同事刘周现告诉我，土肥站有一位发展对象，名叫王骞。隔天，我就和土肥站牟鹏书记了解情况，牟书记介绍说，王骞要求进步迫切，土肥站支部通过观察，多方面培养，已经把他作为2015年发展对象了。

今年赶巧，在驻村分组的名单上，我看到了王骞的名字，而且和我还分在一个组里，和我门对门。

王骞话不多，也不爱活动，倒是能静下来在房间看书。现在，能够静下心来读书的人不很多了，至少，小王能做到，也算是难能可贵。在我们曲云其村工作队里，一个他，还有一个小艾，我觉得这两个"80后"小伙子，跟我自己的孩子似的。每天到开饭的时候，小王从对门出来先敲我的门，告诉我去吃饭。

几天前，我正在房间敲字，就听见邱建民在院子喊我出去。喊我肯定有事，急忙拿相机出门，一问，才说老王同志马上就要到了，怎么不见王骞？我问。邱建民说王骞去3村了，陪站上来人去3村看他们单位的联系户。

正说话，大门外汽车鸣笛。回头，从车上跳下来个细高个儿的男子，鼻梁上架了副眼镜，听他自报家门，我，邱建民赶紧上前和他握手，我们都喊他王院长！

王院长不是一个人，也是带着单位的人到南疆看望畜科院的驻村点，儿子在曲云其，正好路过，便顺道来我们村，而且也给我们带了慰问品，都是些油盐米面，还宰了一只岳普湖的羊，令我等感动。王骞不在村里，邱建民要打电话催他回来，院长不让，还说临来的时候已经告诉了王骞，说要来曲云其村，但王骞不让他来，我猜想：小伙子是怕别人说他特殊吧（事后问他，果然是这个意思）。

王院长和我同龄，他虽然为官，但平易近人。我们在一起交谈，觉得很亲切。说起驻村，原来他去年刚刚在村里工作了一年，且无保留地给我们分享了他的一些经验，很受益。

生活多么晴朗啊！

自治区"访惠聚"活动仅仅两年时间，南疆农牧民的日子已经安安稳稳了！面对曲云其，面对这个世界，我除了感激，还是感激。因为我来了，正浸在里面。被光阴的风呼呼吹着，我能挑剔什么？敲字的此刻，黄昏已经上来，有鸟儿在远处谁家的树林里叫：布谷 —— 布谷 ——

贰拾捌

和努尔队长、邱建民一起去走访，不坐车，大家骑着自行车，有点像旧电影中武工队的样子，一溜烟儿似的，蹿出村委会大院，我和邓康处骑着自行车跟在他们后面，狠劲地蹬了十几分钟，眼看就到一小队了，却看到前几辆左一拐，向南去了。

很快，我和邓康处也进入那条深巷。

好奇怪啊！一阵久违的幽香扑面而来，让人陶醉！我和邓康处几乎是异口同声喊道"槐花"！也不约而同捏住车闸，停下来抬头往树上看，在绿叶交织间，夹杂着紫红或白色的花朵。

初夏，正是槐树茂盛的时节，我望树上的槐花，槐树却像要把它们的全部生命力都展示给我和邓康处。再细瞧枝上那翠绿的叶子，正映着火辣辣的阳光，闪闪发光；尤其是密叶之间，雪白的小花，一嘟噜一嘟噜地在枝间轻轻垂下，有的恣肆地展萼吐蕊，有的羞怯地半开半裂，有的不解风情地芳心犹抱……更美的是，满巷子的槐树都被金色的阳光照耀着、暖暖的风吹拂着，光艳辉映，仿佛给槐树罩上了一层淡淡的白云。

天哪！莫非咱老家的槐花找你我来了？我对邓康处说。邓康处和我同属三秦子弟，只不过他是关中人，我乃陕南人。对槐花，都有着深刻的记忆。

邓康处听我这么说，嘿嘿嘿笑了，给我建议，咱一会儿爬到上面摘采一些，中午包饺子如何？我当然赞同，但此地不可久留，咱俩得快点儿撵他们去。说完，两个人继续前行，在自行车上，我问邓康处，槐树是不是从咱陕西跑来的？邓康处有些半信半疑，迟疑了一下，说无法考证。但是我在想：动物是靠脚力远行，看过非洲的角马电视，解说员说是奔走；飞禽是凭翅翼远行。

早些年，我的一位在媒体当记者的朋友曾告诉我一件很不可思议的事儿。他们去罗布泊探险，出了米兰，竟发现一只鸟跟着车一路飞奔，好像是快到若羌的时候，他们停下来休整，大家纷纷拿出矿泉水来喝，那只鸟儿竟落在她的旅行背包上，她心想：莫非鸟儿也渴了？就在水杯盖上倒了点放到面前，鸟儿也顾不上处境是否险恶，居然大大方方地上前喝了。不知是哪个爱鸟人士用空纸箱给鸟做了个简单的屋子，放了些方便面渣渣，鸟儿居然自觉自愿地进去了。事后，有专家分析：应该是一只迷失了方向的鸟儿，飞得太久，已经是饥渴难忍，才甘于与人为伍吧！如果说鸟儿是迁徙，那这槐树呢？莫非也借助了另外一种载体？

树，是不会飞奔的。即便是会，那也飞奔不了多远。比如，在它把花盛开到结籽的时候，借助了风势，飞奔到某一个区域？然后把它的足迹留在沿途？有这种可能。想起毛泽东主席曾说过一句话：我们共产党人，就像是种子。无论走到哪里，都会在那个地方开花、结果。

槐树在陕西，都是我和邓康处熟知的树种。它是我们生活中不远不近的影子，说它近，只要一开春，我们就能看到它，树枝上早早就会长出一个个嫩嫩的绿芽，不细看它，你还以为是一颗颗小星星似的。一场春雨过后，绿芽上还存有一些露水，但在阳光的照射下，露水变成了七彩球，一闪一闪的。春风吹过，绿芽渐渐长大，并渐渐形成一张张绿色之网。过不了多久，树上就会溢出淡淡的幽香。再之后，花儿白了、艳了，花香就自由散放。不经意间，仿佛是一夜过后，满地的花，像天女散花一般，把地面都变成了紫红色。

槐花就是这样，在三秦大地，朝朝夕夕，年复一年。若要说在三秦遇

见它，我不会好奇。现在，不只是我，就是邓康处，居然在曲云其和它邂逅，我得承认，我是有几分错愕了。

阳光下，绿树间，我和邓康处一前一后追逐着，槐树底下，车如飞，别提有多凉快了，偶尔仰头，星星点点的阳光直射下来，也似一朵朵耀眼的花儿。初夏的这个日子，绿草渐渐茂盛。大地是极美的样儿，眉目淡淡，容颜翠绿。又静又长的村巷，有些鸟语，叽叽喳喳，在林丛响起。因着这些鸟语，清寂中填充了些微的凡俗气味。我喜欢！

贰拾玖

昨晚看书到凌晨三点许，眼皮跟眼皮打架，几乎要拉扯不开，罢！关灯睡了。

刚睡一会儿，咋觉得有人从过道那头走来，拉开我的门就问，你是贾老师吗？我望着面前这位不速之客，问你认识他？来人说老早前就知道他呢！我有些纳闷，脑子里使劲搜寻他的影子，怎么也想不起来。但人已经进来了，就赶紧让他坐下来，沏茶给他。

他依然瞅着我，脸上带笑，说贾老师你真认不出我来了吗？觉得脸上有些烧，很茫然。来人笑了，说我是当年给你开过车的小张啊！又提示，那年你到和田写剧本，我开车到喀什机场接你。哦哦——想起来了，是有这么回事儿，可是怎么看都不像了。他看我依然有些迷糊，就说都过去30多年了，变化肯定很大。这么说，我认可。是啊！人生匆匆，转眼多年。还想对他说啥，却见他已经到院子去了，我只好跟出来。奇怪，鸟儿呢？麻雀，燕子，叽叽喳喳的花喜鹊，甚至乌鸦这会儿似乎都不见了。这怎么可能？正寻思呢，又好像听见隐约的声音，心想：声音都在就好。我判定，在树里，在露水上，在黄昏里，鸟儿的声音会像水一样浮荡。

咦？小张人呢？怎么不见了？院门是紧闭着的，总不会破门而出吧？我着急就喊，但嗓子似失声了，正不知咋办，却见小张从我们小花园里钻出来了，剪了几支芍药给我，要我插在瓶里。我心里有些埋怨他，怎么不打招呼就去剪花？可怎么怪他，要怪也只能怪自己。万物有情，花是不是也疼？都不问问我，就要粗暴打断，人心可恶！

上回雨来，不是风儿也跑来了吗？原本开得正艳的它们，风雨一来，不管全开半开的花，都被风雨打落了。早晨起来看，竟是一地凌乱，碎碎的红了一片，触目惊心。

有时，也会莫名其妙地担心鸟儿。怕鸟儿走了，窗外寂静。

小张说要走，还没容我留他，竟一闪不见影子。心里觉得怪，怎么像拍电影似的？人在不经意间来，又会在瞬间消失。

花园里不就被小张剪了几枝吗？

怎么就换成了大大小小，深深浅浅的叶子？而且，一片片地在风里摇，很风情的样子！乱了，乱了！好像有一大批阳光涌来了，把院子弄出了好大的阴影。里面像汪着一些水，或兜住一些风，让人觉得清凉、舒爽。我又想，如果是月光的晚上更是这样了，树影总要泼出诗意，它能让小院脱离喧嚣。一盏灯火，在树影后，影影绰绰。那光影，会让人心出窍，或者眼泪下来……

晚上写作的时候，我会不时地停下来，靠住椅背，呆呆看窗外。窗外，有灯光，有绿树，有懒散的夏夜，好像还有好多说不清看不见的——时间？过往？要不，就是很多个自己。也或许，什么都没有，只一个灵魂荡悠悠的我……

美丽乡村，

水清清，天蓝蓝，

小溪蜿蜒，鸟儿舞翩翩。

路相通，渠相连，

……

谁的歌声？曲比阿乌？她和我说过想来新疆，我说我这会儿在喀什，不在乌鲁木齐。玖月奇迹？也不像。那年他俩参加《星光大道》我组织朋友给投过票的。这歌声竟一声高出一声，很快发现，原来我是在睡梦中啊！手机的歌声唱得正起劲儿。赶紧接听，是邓康处。

邓康处住在我的斜对面。

他有甚事儿不能过来还打电话？但我的左耳，邓康处声音有点急促："贾处，你快过来一下，我很难受，怕不行了，把你的血压器拿来给我看看——"闻此大惊！一骨碌翻身起来，顾不上穿衣，拿上他房间的钥匙（他把多余的一把放在我这儿），拉开我的房门冲了过去。

邓康处已经穿戴好了，只是平躺在床上用双手揉搓他的心脏部位，脸色蜡黄，痛苦不堪的样子。我蹲下身子，准备给他量血压，他却说你有救心丸没？速效降压药也行。我放下血压器，折回我的房间帮他找药。还正找，他又按响警报器声，这使我更加慌乱，拿上药去他房间。

二次到邓康处房间，努尔队长已经坐在他的床沿，他是被警报器喊到邓康处宿舍的。在语言的使用上与我相左，不急不慢，对于邓康处的状况，他只是以经验论来说，但在用词上却使用医学术语进行简单概括：高血压，或心脏病。血压量了，你不高；心脏病？你心都不慌，只是肠胃有些翻江倒海，那怎么会是心脏的问题呢？绝无可能！他没有对邓康处怀疑的这两种病进行描述和阐释，那样他势必就绕不开形容词，甚至不得不使用诸多的比喻。

是晚饭的问题吗？

我们六个人唯独你有事？

不可能啊！

我插话：一定是桑葚在他肠胃里作祟！

前一天，我和邓康处在院子里遛弯儿，走到桑葚树下的时候，我们停下来看眼前的桑树。应该说，这株桑树一直就安静地待在院子里，每天抬头就可以看见满是褐色的枝条上，结满了黑红两色的桑葚。我是不吃它的，因为小时候吃伤了，现在，一想起往事，我都会胃酸。

其实，这株桑树结果已有些日子了。之前，桑葚繁盛，但经过几场大风，桑葚雨一样落下来不少。奇怪的是，我们组员居然无人问津。我问邓康处，怎么不吃桑葚啊？不等他回答，又说，再过些日子你想吃可就没啦！桑葚的好处多着呢，不但能健脾胃助消化，更能补充营养，增加人体的抵抗力。我这么一说，邓康处就跑回宿舍取来一只碗，很快就摘了大半碗桑葚。

努尔队长听我说完，并不十分认可，还说桑葚是好东西，无论如何不会吃出这等病来。我说，针对邓康处眼前发生的事情，桑葚完全有可能起到相反的作用。再说，邓康处摘下桑葚是用凉水洗了的，那水本身有没有细菌？他是在房间放了一天一夜，况且现在天热，会不会发酵？会不会产生另外一种有害的东西呢？

切记：不同的叙述会通往不同的道路，并导致不同的结果。疾病的走向常会被语言左右。

努尔队长也开始怀疑这样的情况出现的可能性。

征得邓康处同意，我急忙给喀什急救中心拨打电话，但对方要我给疏附县120打，急救中心说很快就来。大约20分钟，急救车开进村委会大院，一维吾尔族女大夫，通过仪器——逐一检查了他的一些数据，但无法得出结论，建议把邓康处拉到医院做细致检查。有这么复杂吗？我们都不是医生，只好把邓康处架到救护车里。

队长还安排王骞随车前往急救中心陪护。

发生在邓康处身上突如其来的事儿，多多少少也影响了我的血压急剧上蹿，连续多日，昏昏沉沉。每天，除了吃饭睡觉，似乎还是吃饭睡觉。队长基本上不给我安排活儿。我心里装满了感激。

有时，也问自己，假如自己遇到了危及生命的这一瞬，如果一定要做什么的话，我该怎么做？

掰着指头算算，假如，我遇到了突如其来的事件，第一，莫慌张，看医生怎么说，我喜欢痛快地生或痛快地死！痛快，其实是一种人生大智；

第二，假如，身体还有一点缓冲时间，请给我约一些需要我脏器的人，我可以把我分成若干等份，做最后的为人民服务；第三，如果上苍不那么逼我，还给我有若干年那样远的距离，我会好好地为自己做个规划，不妨纵容自己一下，慢慢走呗。急什么，奔什么，天还是天，地还是地，终点依然是终点。

叁拾

我得在这儿重点说说邓康处。

邓康处，是个土生土长的陕西农村娃。家在陕西咸阳地区乾县，他出生的那年，我已经从秦岭深处来到了天山深处。我与他，是在2000年前才有了交集。这一年，邓康处刚从新疆石河子大学毕业。

邓康处是通过高考离开乾县的，如果他不说，我会把他看作城里人，后来听人说，邓康处的家乡，其实就是一个小山村。山里的孩子要想跳出农门，很难！如果想，必然选择这两条路。

一是参军，可以通过在军营里的锻炼，参加全军统一考试，若是能幸运地中榜，通过部队院校培养，从此就成军官了，跳出了农门。

二是参加高考，进入高等学府，学士、硕士、博士、博士后，能走多远就走多远，用句曾经的俗话来说"十年寒窗无人晓，一时得名天下知"！

很明显，邓康处参军是无望了。读书，已经让他读成了近视眼，部队的大门就无法打开了啊！他只能苦读。不是"万般皆下品，唯有读书高"嘛！他的确是用了万般的辛苦，一番番风雨，终于考上了新疆石河子大学，四年寒窗，终于等到自治区农业厅直接去石河子大学招聘人才。至今，邓康处还清楚地记得，是热比亚·玉山副厅长，慧眼识珠，把他从人丛中拉了出来，从此改变了他的命运！

"山沟沟里飞出了金凤凰！"

邓康处被直接从石河子大学接到了新疆维吾尔自治区农业厅，成为老家乾县当年的一段美谈！

为啥要这么说呢？那会儿就业很难啊！好多大学生毕业也就意味着马上失业。在别的同学还在为找工作发愁时，邓康处却因成绩优异，而被自治区农业厅直接招录到厅机关上班。那时今日，一晃就是16年。

16年，在人的生命长河里，真的是弹挥一指间！

假若，用官方的语言来给邓康处同志做一个结论的话，邓康处这16年用"兢兢业业，踏踏实实"来评价是最恰当不过了。

这16年，我与邓康处屡有接触。记忆深刻！

2003年，我接受时任农业厅党组书记李磊同志的安排，撰写报告文学《足迹》。本书主要反映的是一位山东农民书记为解决新疆百姓菜篮子的事迹。临出发前，我先到农业厅园艺特产处了解情况，园艺特产处处长毕可军用手朝对门一指，说，去找邓康处吧！

我敢说，没有邓康处的帮助，估计我很难完成18万字的《足迹》，也就不知道和田拉斯奎镇有个名叫阔西库勒的村。

这个贫困村给我印象最为深刻。

长期以来，由于村民自身科技意识欠缺，文化素质不高，除了会种粮食、棉花，别的一概不懂。但种粮植棉，偏偏缺衣少食。2000年前，人均收入不到1000元；打架斗殴、偷鸡摸狗现象屡见不鲜。

2000年后，王乐义书记到和田传授大棚技术，加上镇党委委派像唐金元这样的技术干部进驻该村蹲点，阔西库勒只用了几年的工夫，面貌就焕然一新。人均收入至少翻了三番。物质文明、精神文明和政治文明在这个村子得到了较好的体现，如今信"胡大"的人少了，崇尚科学的人多了，文明新风拂绿了这个贫穷的乡村，进而焕发出一派欣欣向荣的中国特色社会主义新农村的景象。设施农业对阔西库勒村来说就是一支兴奋剂，村民从近几年的实践中得知，唯有设施农业才能迅速改变阔西库勒的面貌。

2006年，中共山东省委为了宣传全国优秀共产党员王乐义，派《潍坊日报》主任记者马健来疆采访，自治区党委白志杰秘书长要求农业厅派人陪同，我有幸和山东记者再次沿着王乐义书记的足迹，共同采访。此次采访的路线，依然是邓康处同志给提前规划的。

2008年，这一年是改革开放30年庆典，厅党组重视这一重要的宣传活动，专门成立了宣传活动办公室，这一次采访，包括了新疆农业中的红色产业、白色产业、黄色产业，以及绿色产业，时间紧、任务重，我该怎么办？那会儿千头万绪，心里简直就是一团乱麻！找李春厅长反映，李春厅长说去找园艺特产处吧！

邓康处再次成了我的活字典。

邓康处到农业厅这16年，为新疆设施农业、西甜瓜产业、花卉产业、蚕桑产业的发展默默无闻地做了很大的贡献！

我说他是活字典一点儿也不为过，他的足迹遍及这几大产业的主产区。在他和园艺特产处全体同志共同努力下，加工番茄迅速做大做强，成为全国乃至世界主产区之一，新疆加工番茄占到全国7成的份额。设施农业从零星分散种植到集中大规模发展，引领新疆现代农业快速做大做强。这是值得大书特书的一笔。

虽然，和邓康处屡有接触，但难能像这次在曲云其相处的时间多。除了正常地完成工作组赋予我们每个人的任务，平时吃完晚饭，只要组里没有安排，我们都会在一起打乒乓球、走路，时间一长，我发现邓康处的很多优点来。

邓康处简单，善良。他看事，看人，从来都很用心。尽管，眼睛有时会骗人，耳朵也会骗人，邓康处说他相信心灵所看到的。

也许是简单，他不会掩藏。爱憎也分明。

因为一直简单，所以他一直不懂世俗，不会争抢，不去辩白。和他同年来农业厅的人，有的进步很快，唯有他还在原地踏步。这，也许在很多人眼里，他痴傻吧？

和朋友在一起时，偶尔也有人提说个人成长的事，邓康处总笑呵呵地说没关系，自己没觉得不好。好东西很多，也没想要啊。再说，要得多，就是累赘，也累人。人生若能有一个存身地，挣一份糊口粮，就很不错了。

在急救中心住了两天，邓康处就出院了。

那天我从村里回来看他在院子给花拔草，就问，好了没有你就回来了？邓康处说，没啥大毛病，放心了就不住了，就这理由，仅此而已。

晚上遛弯儿，依然是我和他，走了几圈，停下来，突然问我，你觉得咱们村好不？我说好呢！他说他也觉得好，说他喜欢自然中那些树、那些花、那些鸟，多简单啊！还说，喜欢在院子里站着听麻雀叫。一听就是好大一会儿。

听他这么说，我暗暗欣喜。我窗前这棵杏树是院子里最庞大的，枝叶蓬起来，像旖旎的裙。傍晚，总有些鸟雀钻进里面。才来的时候觉得就那么一只两只，现在看到有很多只。其实，乡下最多见的鸟儿是麻雀。走在路上，偶一抬头，目光就能撞上几只。有的栖在树上，有的在眼前飞。

曲云其的傍晚多么静啊，此时此刻，竟静得钵子里的水一样，浑圆通透，一眼见底。就在这样的底子上，鸟雀们嚷开了。齐刷刷，嚷得一锅粥似的，唯恐谁落了后。

有时我想：人若以自然为榜样，不雕不琢，本色天然。那该是何其幸运！

叁拾壹

查看木槿花资料，看到木槿花能护发，忽然心生冲动，就去剪了几枝插在瓶里。剪下来，又后悔。万物有情，花是不是也疼呢？因为一己之利，就要对花动刀，可见人心多恶！原本该让它长在它该长的地方，看着守着就好。

有时，会想，买合苏木用水管浇花，会不会让水打在花丛？那样一来，不管全开半开的花，都会被打落的。一地凌乱，碎碎的红，多触目惊心啊！

其实，我多虑。买合苏木那么爱花，怎么会像我说的那样？

有时，我也会担心他来院子里清理卫生，把那些鸟儿驱赶到别处去了。鸟儿若走了，窗外岂不寂静。这么想，觉得自己有些多愁善感，杞鸟忧天。

说曹操，曹操到。

门铃声响，去开门，买合苏木一张笑脸对着我。他是来拿垃圾箱的。身后跟着一小男孩，手里还拿着一小块馕，有些惊怕，另一只小手拽着买合苏木的衣服。

喊来小艾，并对他说，告诉买合苏木，干完活待会儿我要和他聊聊。

抱歉！我不会说维吾尔语，即便是会，也只是来之前我们在教育学院跟老师学的那些简单的单词，况且经过了一个春天，因为没有太多的交流，渐渐生疏。还得说，到了我这个年龄，走了大半辈子的路，身体和心灵一路磕碰过来，就变得自以为是，更多时候，会我行我素。还有严重的，我不得不承认，记性已大不如前。在时间面前，我得甘拜下风。好在，我们工作组除了队长努尔默罕默德·祖农，他语言没问题，还有小艾同志，我可以让小艾来做翻译，有几次和小艾同志趣谈，我说好生护好你的嘴，你的嘴巴可不是你一个人的，也是我的呢！小艾听我这么说，有些云山雾罩，嘴里"噢噢"却不知所云，好一阵愣怔。稍做提示，恍然大悟，就嘿嘿嘿地笑……

买合苏木再次进来，正好从院墙外翻过来一阵风，树上的叶子，就哗哗哗地鼓掌，看那些叶子在风里，摆弄姿态，我就觉得有些轻浮和莫名其妙，但你得承认，那姿态、那声音，受人欢迎，让人享受。

这一切应该仰仗风或者阳光！

有风伴奏，它们才能翩翩起舞；阳光洒下，就能弄出好大的阴影。

起舞弄清影，何似在人间？

我以为，无论阳光或月光，都会教树影泼出诗意，那光影，怎一个"美"字了得！

杏树下，水泥凳，坐我仨。

我，小艾，买合苏木围着石桌子。我说，买合苏木咱俩已经结成对子了，所以把你叫过来，想和你拉拉家常，给我说说你自己，也可以包括你的家人！行吗？

买合苏木看着我，脸上挤出了笑，有些羞怯，但显朴实。嘴唇动了下，发出了一个很弱的音：亚克西（好）。

买合苏木不紧不慢地叙述，小艾一句接一句翻译给我听。虽然是断断续续，但连接的是买合苏木的前世今生。

买合苏木——曲云其村庄一个非常普通的农民，我已经跟他有过太多的照面，人纯朴，很谦虚，但寡言，从脸上纵横的皱纹和善良的眼睛看，生活的贫穷曾经压弯了他的腰，脚下常穿着一双布鞋，鞋帮落满了泥土。但一笑起来，眼睛里便闪烁着和蔼、亲切的光。

和大多数南疆维吾尔族农民有点雷同，买合苏木穿着朴素、破旧。皮肤黝黑、粗糙，手指甲里塞满了黑黑的泥巴，坐在我对面，多少有些拘谨。

——我从小就生长在曲云其，祖祖辈辈都是农民，现在情况比过去强多了。

这是他带着浓浓的新疆特色的开场白。

——家里的情况嘛，我，羊缸子（老婆），两个克孜巴郎，大的嘛，上初中了；小的嘛，也9岁了，在曲云其村上小学。羊缸子嘛，身体不好，我们结婚多年她不生育，10多年寻医问药，跑了很多地方呢，挣来的钱都撒在路上了，日子过得嘛，不如人。

——生活就像山，我也得背着。虽然花了很多钱，但我没白跑，一大一小两个克孜巴郎呢，两个孩子都是剖宫产。为了他们，我必须努力！

这是他的誓言。

买合苏木实际年龄要比我小6岁，但看起来竟这么苍老！如果不是他说，我以为他会比我大好多。也许是岁月与生活的重担将他压成这个样子的吧。

此前，曾去他家做家访，见到过他抱着一个小男孩，那会儿误以为是他的孙子（其实是大队长的儿子），没有多想。现在，说到他的孩子，他的眼睛弯了起来，浑浊的眼里闪烁着特别的光彩。

我知道，买合苏木跋涉已久，走得很辛苦。为了他的羊缸子，徒劳地走了很多弯路，甚至把自己逼到了一个更窄的角落。

狭窄也未必不好，绝处才可逢生。

现在，买合苏木有了两个女儿，尽管生活有些艰难，他相信不会太久。买合苏木告诉我，两个克孜巴郎就是他的希望，说什么也要让她们上学，用知识改变命运，她们一旦展翅，就能飞临广阔的天空。

　　说到这儿，买合苏木脸上有些灿烂，像个纯净的稚子。那笑，居然让我在隐约中，发现了两珠泪从他的眼角渗出。那泪，让我疼痛。也许，人的灵魂一直悲苦地走在身体前面。不然，人世间，就不会忧伤。世界那么空旷，风总在吹。

　　犬吠炊烟里，月到檐风回。我坚信，只要希望在，买合苏木和他的家人都会好起来的！

叁拾贰

1

　　去一贫困家庭送温暖，队长让小艾带了羊肉，除此，还有一袋尿素、一袋面粉。进院子，先是遭遇两只大鹅的报警，鹅是隔着一堵墙向主人发出警讯的，声音洪亮，有着明显的警示意味儿，我和邱建民寻着声音转过墙角去看，两只大鹅虽然被主人关在笼子里，但一对戒备的眼睛不友好地冲着我俩"呱呱呱"地鼓噪，且摆出一副决斗的姿势。直到女主人被村支书喊出来，并把努尔介绍了一下，她用维吾尔语说了句感谢，就跑过来对她家的鹅叽咕一串什么话（我们没听懂她说的什么），两只鹅竟安静地卧下了，不再对我们高声怒吼。

　　现在，我知道了这户人家的主人叫帕提古丽·阿巴克。而且，还知道了她是一个伟大的维吾尔族妇女。她的伟大，在于她只是一个与土地打交道的普通农妇，却有着过人的坚强。一个人在艰难困苦中度日，硬是拉扯大了三个孩子，并把他们一个个送进了高等院校，这其中的千辛万苦，我们可想而知。

　　帕提古丽无疑是受人尊重和敬重的！

　　一直，想找个机会和她好好聊聊，但她却忙得很。

　　想想，也是。她能不忙吗？

　　三个孩子的花销她要用汗水去换，院子里的牛呀羊呀鸡呀鹅呀，也嗷嗷待哺。还有地里的麦子玉米豆子也要一粒粒种下去，再一袋袋扛回家。至于她家里的男人呢？她没说，我也没问，她没说，也许是不想说吧？或许，那是她神经中枢最不能触碰的。反正，但凡需要男人肩扛的责任，她独自扛了。

暑期的日子，工作组召集村里返乡的大中专学校的学生座谈，我见到了帕提古丽·阿巴克的二女儿则乃提·艾山，她在杭州上了四年的高中之后，考入苏州大学，也是当天参加座谈的孩子当中唯一在内地上大学的姑娘。座谈的时候，她就坐我对面，女孩子总看着我们温柔地笑。依然乡村女孩子的打扮，朴素如昔，没见太多妩媚。

我想和这孩子谈谈，努尔队长就让小艾给我做翻译，小姑娘对我说不用翻译，告诉我，她用汉语交流没问题。

的确，则乃提·艾山普通话说得很标准，声音轻柔，给我描述起南方的经历如数家珍，言语中不乏些许的自豪。问她将来的打算，小姑娘告诉我，她的理想在珠江三角洲，六七年的南方生活，她已经适应了那里，她会在那儿寻求发展机会，不断学习。

2

送走则乃提·艾山，看到村警艾买提江在大门口站着，这是个"85后"的小伙子，高个头，很帅气。别看年轻，人很稳重，个人素质也蛮高的，和我们说话都用汉语。

我上前和他闲说话，顺便了解下村里的情况，艾买提江告诉我，知识改变了村民的思想观念，现在村里的大中专毕业生都快上百人了。村民现在都知道知识能给人打开世界之窗，从而改变个人和家庭的命运。

"那之前呢？"我问。

"奸懒馋滑，人之四恶，占全了！"他脱口而出。

艾买提江告诉我，如今在曲云其村，奸懒馋滑的人几乎没有了，即便是某人稍稍有这样的倾向，都会遭村人嗤之以鼻。不管男人女人，都会被人冷眼相看。

"什么都不干，从屋里晃到院子，再从院子里晃到村里，日复一日地打发日子，曲云其有没有这样的人呢？"治保主任斯拉洪直言不讳地告诉我，在自治区党委开展"访惠聚"工作之前是有的。尤其冬天，一些人不愿意下地，站在墙根儿晒太阳，宁愿受穷。大好的天犯懒，怎么都说不过去。任谁，也得说这样的人不穷才怪呢！

一个名叫玉素甫的村民小组长告诉我，现在不同了，自治区"访惠聚"工作队连续三年驻村，各种惠农配套项目的跟进，使曲云其村至少加速发展了20年，真是天翻地覆的变化啊！

3

回到工作队院子，就听见土才和大黄为了啥事儿互相在掐，粗声粗气。我赶紧到后院看，它们见我来了，大黄就低着头钻进它的房间去了，土才跟我亲近，就赖在地上撒泼打滚不肯起身。我无奈，便宠着它。它——已经是我每日生活中的一项内容，就像我床前那棵杏树上的一只鸟。说真的，之前我是不大喜欢狗的，甚至不止一次在报刊上表明对狗的认知。

是的，一个极不喜欢狗的人，一个曾被狗把脚后跟咬得血肉模糊的人，如果说对狗有些许芥蒂，那也是很正常的。尽管如此，我对狗的一些举动还是饶有兴趣。

自从住进这个院子，认识了大黄和土才，我对土才犹感兴趣，努尔队长说我对土才偏心，这么说我并不否认。大黄之所以不招我待见，一是它太挑食，如果你给它的骨头上没有肉，它就拒绝去啃；再就是，它对我不恭，每次只要我出现它们面前，它就赶紧躲了起来。但土才没有这个毛病，给啥吃啥，不挑肥拣瘦，苞米芯，西瓜皮，它都吃得津津有味。当然，我疼它，也捉弄它。

一次我站在它们跟前吃瓜，它馋，眼巴巴地盯着我，几乎快要和我抢了。于是，我吃一口，咬给它一口，很和谐可亲。等到我忽然把瓜根咬给它，它吃进嘴嚼了两三下后，赶紧吐出来，并在那干呕，笑得我不行。末了，心想：我是不是不该捉弄它呢？

关于大黄和土才，发生的趣事还蛮多。不久前，县上来人看望我们，一行人看了前院看后院，这两个家伙一致对外，又是扑又是叫，我怕出事，就对它俩大声喊了"回窝去！"两个家伙乖乖地就进它们的屋子里去了。一位维吾尔族女同志见此冲着我笑，然后竖起拇指给我点赞，她说你真厉害，能把狗训练的听得懂汉语。

我愣怔了一下，俄顷大笑！

4

坐到窗下，抬起手，眯上眼，散开自己，发呆去。

这时节，气温正高，天天盼雨，白天阳光毒辣，夜里满屋都散发着热气，知了似乎一整天都在高高的白杨树上喊热。

禾苗，全赖在地皮上不肯长，萎靡的模样。我呢？把生物钟全打乱了。天气太热，不去地里的时候，大白天拉上窗帘，想把太阳拦在外面，然后，赖着——床上一横，大睁着眼，想象风来雨来，听清寂来。

雨也偶尔来，一般都在晚上，雨声淅沥的时候，我觉得很深远，有点儿像深秋的池塘，凉意横陈。檐下雨珠，滴答一声，滴答一声，落在世界之外似的远。只有，雨声连成一片，风过树林一样，才感觉近些。

夜里，看不见雨雾弥漫。稀薄的，潮湿的，在梦中，来来去去。

　　几天前，邓康处拿来两棵绿萝的苗，说是邱建民休假之前在瓶子里泡的，根上已经发芽，可以栽植。没有花盆，邓康处就找来用过的空塑料油壶，拦腰剪开，把绿萝栽进去，居然活了，还发了新芽。这，在意料之外。于是，开始畅想：冬天，敲字的桌上摆一盆郁郁青青，茎秆细软，叶片娇秀，赏心悦目……绿叶，清水，再加上流苏似的阳光，这样的生活空间挺美好。

叁拾叁

1

昨晚，头很难受，有些昏昏沉沉，估计跟血压有关，都是喀什的气温惹的祸，一觉，竟睡到七点多。窗外，仿佛只有我们院子里喧闹地醒着，杏树上虽然已无杏子，但依然是鸟儿们的栖息地，我才把头凑到窗口，立即"嘭"一声刺破晨风，几只麻雀撒着欢儿，滚入稍远处的苹果树里，叽叽喳喳，不旁落。

说真的，麻雀算是最能吵闹的鸟儿，可这样的吵闹又能让人习以为常，甚至会觉得舒心。想想，无论清晨或黄昏，如果没有这样的吵闹，而一味安静，则会清寂过了头。太过于清寂，院子里就寡淡枯涩，也就没了勃勃生机。这样不咸不淡地，会让你觉得生活少了趣味。大约如此，我们生活的空间里总要有一些声响，据我体验，村里的雀叫或犬吠，都是乡村世界最美的伴奏！

现在很少能听得见暮归老牛长"哞"了，甚至马或驴也渐渐从乡村的舞台上退出，取而代之的是拖拉机或电动车，聊以自慰的是与我有一墙之隔的，是曲云其中心小学的师生们，因此，院内树上的鸟鸣，院外孩子们琅琅的读书声。这样的一种存在，才让我觉得这就是人世间啊！世间原来是如此安详踏实。

伸伸懒腰走出屋子，天空依旧灰蓝，尚未亮堂。但空气清爽，也让我清爽起来。九点许的样子，看到院子里，树上，红花上，正茁壮的青玉米上，一地繁盛的恰玛古叶子上，浅金的阳光水一样在流淌。还有屋顶及树木阴影倾斜在上面，大片的，妩媚的影子下的绿浓稠极了，一副无法搅动的样子。天地之间像尽是清爽，周遭所有植物透彻湿润。很庆幸，看到了一个这么好的早晨！

曲云其的早晨，静得像一湖水，一丝涟漪都没有。

昨夜，和邱建民在此间散步，路灯下，隐隐约约看得见三三两两的青蛙在路边跳跃，不仅有青蛙，每每夜幕降临，乡村里各种小虫都会活跃起来，似乎是"你方唱罢我登台"。所以，夜晚走路，我都是竭力小心着。包括蜘蛛们总是在路两边的植物间织网。有时，要织好几道，让人躲过这个躲不过那个，撞个满头满脸。

昨天早晨，清扫房间时，一只足有小指大小的蝎子，竟陈尸在我的电脑桌前。起初，我以为是一碎布条，从哪带进来的？感到蹊跷，蹲下来仔细一看，天！竟是一个蝎子。八条腿很完整，前面的两条腿非常大，后面的三条腿却很小，据说它的腿敢和蜈蚣的腿一决高低。看起来像是没有脑袋，也似乎没有眼睛，但最具特点的是后面一根细、且有节的尾巴，它向上翘着。只不过我看它的时候，尾巴已经从根儿断了，搁在一旁，那长长的毒针，还能让我看得分明。身子是仰面朝上躺着，但头顶两只钳子，竟有一只还在微微颤动，当下，我擎起扫把，毫不留情地给它致命一击。

我知道，蝎子是一个致命的杀手，它的钳子，一副在昆虫界中所向披靡的甲胄，构成了它对人的凶恶印象。这让我既感到幸运，也多少有点后怕。但，这个可以忽略不计。

曲云其的夜晚无疑是多彩的。

某日夜，居然听到了入住曲云其以来的好声音：寂夜虫鸣。

那会儿我正在敲字，午夜许，就有了"嘟嘟"地喧嚣；我知道这是蛐蛐在鸣唱，且一下子此起彼伏，远近呼应，宛如有形的暮色交响。我想我是被吸引了，而且声音就在离我两三米远处，属于近距离的演唱。

停下敲字，闻声寻找，据说蛐蛐一般喜欢躲在老屋砖缝，或泥墙根儿，或草丛中，或瓦砾等等一切废墟中，果真如此，我的房间不可能有它们的生活空间啊！

它们到底藏匿何处？

我拿了手电，把床下以及房间的角角落落搜寻了几遍，仍不见其影，只闻其声，轻轻地游荡开来，时断时续，不叫则已，鸣若敝帚击破缶，声声凄厉，如泣如诉，似金声玉振般悠扬悦耳，气贯夜空如筝箫奏鸣般动听。毫不夸张地说，这是我在曲云其听到的夜间最美的声音了！

蛐蛐声声，此起彼伏。可惜，我忙活了半天，就是找不见它的身影，它像和我捉迷藏，我找它的时候，它不出声；我停下搜寻时，它又欢唱了。从它们的鸣唱里，我能分辨出它们的欢乐，以及它们的无拘无束。那一瞬，我分明被它们激动了，内心油然生出的是感激和赞美！我想，此情此景任谁都不可能无动于衷。唯有感激和赞美，才能激发心里那样一种无法言喻的喜悦。

其实，曲云其的夜晚，不仅仅蛐蛐歌唱。当万籁俱寂的时候，有很多不知名的虫子加入这个不眠的夜晚的热闹非凡的大合唱。它们在以自己独有的声音高亢感激与赞美。并且把这样一种美妙，传导给人类。起码于我而言，它让我这个蛰居都市的俗人被激动，被振奋，以至于发现琐碎的生活，原来也会如此的美好。

曲云其美妙的夜晚，让我学会了欣赏，并于欣赏中也学会了感激！是的，感激驻村，感激这个古朴的村庄，感激这间屋子，感激村庄带给我的种种鲜活。

感激，这是多么美好的一个词啊！

虫，用歌声感激夜晚；人呢？人当感激世间万事万物。也许，当我们内心存有感激和赞美，我们也就拥有了真爱，拥有了快乐，拥有了善良。

2

除了蛐蛐，还有一种虫子"沙啦沙啦"地叫，也聒噪得很。这种虫子和蛐蛐长相有些近似，如果你不仔细观察，准会把它们和蛐蛐当成一母同胞。

这就是沙虫！

它会飞。有时，我会奇怪地想：莫非沙虫还有甲状腺？怎么眼睛鼓鼓的。它太丑了！个头不大，却大腹便便的模样。唯一耐看的地方，是它长了两只微红浅绿的翅膀，多少为它遮了丑，后腿健壮，跳一下，就是很远。

少时，和小伙伴们去南坡给牛割草，与那厮较量过。正弯腰挥舞镰刀，忽然听见叫声，手蜷成小瓢样，猫下腰，蹑手蹑脚偷袭。瞅准了，手迅疾下扣。然而，那厮会轻功，贴着草叶飞，如果不作一番努力，就会竹篮打水一场空。

沙虫不好看，叫声也不好听。我不会骂人，但听到它叫，会不由自主地骂它一句：哭丧！

3

去喀什办事儿，回来已是傍晚。朋友把我送到曲云其村委会门口，忽见篮球场聚集了不少村民，走进院子，才发现有露天电影，一下子把我拽回30多年前，甚或更远些的日子。

当然，电影不是那时候的电影了，银幕上的演员女的都是双眼皮儿，我这么说或许有点绝对，也许未当演员之前不是，但医学发达了，单眼皮儿可以做成双眼皮儿。女演员如此，男演员当然一个赛一个的帅；除此，好像以前的电影没有爱情，没有卿卿我我搂搂抱抱，所以，改革开放后曾在报上看到批判电影戏曲禁欲不合世情，扼杀了浪漫主义。于是，影视剧中的爱情泛滥，以至于以"脱"为荣，开放得比西方还西方。我曾和某人就此辩论，我说那会儿电影总看不够，一部抗日剧看十几场还想看，多半是露天的，高凳子低板凳，哪怕是走几公里路，像去赶赴一场意料之外的盛会，每一部电影都能让人提神，都能看得人血脉偾张，都想成为电影里的英雄人物。虽然，那些演员不漂亮也不帅，但观众喜欢，觉得演员与观众没有啥不同，朴朴素素，电影演得逼真可信。呵呵……说多了，还是言归正传。

我在篮球场站立了一小会儿，电影已翻译成维吾尔语，好像是一部旧电影。

穿过村委会那条路，回到我们院子里，邱建民他们都在院子里，打乒乓球的，散步的，闲聊的，大家精神状态超好。见我回来了，都笑着和我打招呼。

新疆与内地有时差，喀什更甚。虽然已经是北京时间21点多了，我发现太阳还躲在隔壁人家的屋角下。那么大一块空闲时间，平白无故被晒在空荡荡的傍晚，真是有点心疼。

若是平时，这会儿村里的学生会在篮球场打球，我偶尔也会出来看他们打闹，有时也会眼睛空洞地四处瞭望。看场子上空，密密麻麻的星，明亮或朦胧的半月或圆月；有时，看着看着，就会涌动某种莫名兴奋和急不可耐，为曲云其的日新月异，期盼，我的村庄，我的父老乡亲，都能在国家的计划中与内地省份同期抵达小康的彼岸。

现在，电影正在村委会大院播放，乡村文化生活愈来愈丰富多彩了，曲云其的大姑娘小媳妇们天天都在村委会大院翩翩起舞，对知识充满渴望的农民兄弟，也坐进了夜校的教室，像久已离了水张口喘的鱼，突然游进

了一汪清澈的湖水中，找到了自己的世界。

　　电影终归会散场，脚步和身体绝对都带着呜呜声响，像号角在吹，就连村里的白杨和老榆也在风中呜呜吹响，我猜想，这一场电影，能惹得天上的星星月亮都会大笑。

叁拾肆

电影散场后，邱建民要我和他去前院看看，他觉得菜地有点旱，不行就放点水，浇浇地。我说好吧，去看看。去看了，果然有些旱，赶紧接上水管，放水浇地。

邱建民比我晚4年到农业厅工作，只不过他是大学毕业分配到农业厅的，而我是从部队转业来的。虽然不是出自一个行当，但却殊途同归于新疆农业这个战线，屈指算来，彼此相识也有22年了。

邱建民进入厅机关工作后，先是在农业处数年，后调入科技教育处工作和任职，一直从事有关农业生产、农业科技和农民培训等方面的业务工作。其间，多次到基层锻炼或挂职，在北疆乡村蹲过点，在南疆参加过集中整治；亦曾受厅党组委派在昌吉州呼图壁县挂过职。他毕业于新疆农业大学，具有农业专业知识，通过学习、调研以及工作的历练，凭着一股惊人的钻研能力，在"三农"这一领域取得了可喜的成绩。只要一谈到新疆农业科技，他就口若悬河，娓娓而谈，如数家珍，这更增加了我对他的敬意。

邱建民话不多，淡泊宁静，虽说业务精通，但绝无骄矜之气。待人接物，一片纯真，朴实，诚恳，谦逊。但他并不故作谦逊状，说话实事求是，绝不忸怩作态。因此，他给我留下了非常好的、难忘的印象。

日子无休止重复，像只大口袋。我们，被时间牢牢装在里面。上班、下班，太阳升、太阳落。日子里，总有激荡人心的事情，譬如服务"三

农"，为新疆这个农业大省区尽职尽责。如今，大家乘"访惠聚"的劲风，一起来到曲云其村，心情也很激动。在这关键的时刻，对职责范围内的任何事情，都考虑缜密，始终保持着旺盛的精力，配合努尔队长，当好助手，尽好责。

某日，我们在一起畅谈驻村愿景，他说："内心只想让阳光来，让雨水来，让村子树茂密，让水草丰美，让庄稼都丰收。"诗样的语言，诗样的愿景，我被他的言语所感动！

杨树、榆树、槐树、枣树、杏树、核桃树、合欢树，密密匝匝，在村庄前后，路边，墙边，渠水边站立，默契地把各处添满，没一点儿空隙。村民的房子被埋在各种绿荫里，各种鸟儿家禽似的，守在家家户户的院子里，唱着村庄最美的歌声。

叁拾伍

一年的日子，刚一开始觉得漫长，仿佛就是一条岁月的长河，会流动得很慢，缓缓地、平静地流淌。其实不是，河流像是从时间的一个源头，飞流而下，冲撞着流过了春，还来不及思考，竟又到了夏，又一眨眼，夏也踉踉跄跄，一日日次第流淌不停。

这么说，未免有些浮，轻飘飘。须知年和年，季节和季节，都是一种复制，好比一个人，由少年到老年，生老病死，很正常。

儿女们延续了上辈人的生命，宛如再版了一本读物，做父母的必是要受其煎熬的，等你把儿女所有的事儿都办完了，你也就老了。长江后浪推前浪啊！你得接受这个现实。恐怕人到了这会儿，方能悟到人生忙忙碌碌，不过为了一个新的生命延续。

面对曲云其，它的现在衔接着它的过往，历史上的它是怎样的呢？对我们来说也许是模糊的，这个不重要，我们有的是时间来解读它并熟知它。重要的是它始终都是华夏的一部分，这一点，不容置疑。

曲云其，当然是祖先们留给我们的土地，我知道时光有着许多呈现自己的方式。最简单的办法，便是借助一系列独特的民风民俗节日来体现。这样的日子，会镶嵌在2016年的所有日子里。这使得原本混沌迷离、难以辨识的一片，显现出区域和轮廓，产生了节奏和韵律。因为它的存在，我在村庄的日子将不再是物理意义上的单调，以及枯燥的数字，从此变得生动，变得温暖，变得鲜活，变得丰富多彩。进而充满了

情感和韵致。

在我敲打这一段文字的时候，日子一个跟头翻到了秋，在自觉或不自觉中，我的一些网友开始跟我说些关于中秋的话题了。当然，朋友们是祝福我能在喀什疏附县曲云其村过得如此快乐。可是 —— 中秋节尚未到呢！这会儿正在前方等候，从此刻起，半月抵达。

喀什天气不那么炎热了，而是温凉适宜，村前村后只有成熟的草木、植物、果实才具有那样一种芳香的、诱人气息。可喜的是，这种气息，已经开始在四处氤氲飘荡。我喜欢在这样的日子里，可以想象天宫，想象嫦娥奔月；还有，吴刚伐桂，玉兔捣药，等等一类的情境，如此一来，心情自然就能变得闲适，想象一轮偌大的圆月，就那么静静地悬挂在苍穹上，照射人世间无数个人的梦境。

昨天入户走访，热依罕看到我还说中秋节去她家吃饭的事儿，我笑问她，莫非你们也过这个节？她很开心地说，找个由头和你们一起乐和乐和不行么？说完，我们都笑了。

草木正飘香，它预示着秋天果实的丰盈，金秋的日子，对新疆各民族来说，这个季节的节日会接踵而至，2016年中秋节和古尔邦节，几乎是齐头并进而来。

"独在异乡为异客，每逢佳节倍思亲。"

吟诵王维，仿佛闻到菊花清香。也许，真的当你深入地去了解一件事情、一个地方、一种民俗、一群人的时候，你又会发现，你对它来说又有些陌生。因为他比你所了解的、所研究的还要深入得多，还要有内容得多！

如果说，岁月的积累形成了历史，那么这样的日子反复叠加，就是一种文化的构建。当它们千百年来，被这块土地上一辈辈的子民们，经由文字的或口头的方式代代传递，而逐渐成为一种公共记忆时，也便有了民族的精神和文化的基因。而这种日积月累，年复一年的共同创造，你中有我、我中有你的相互影响、相互包容，并在润物无声、潜移默化中侵入我们的血脉，把我们融为一体。

我愿意相信：正是这无数的事物存在和融汇，才使得人世间如此丰富多彩！

叁拾陆

1

我在QQ空间放了几组关于曲云其村的照片，都是些村里的人或景。同事邓康处负责我们组的信息工作，他要采集信息，然后编排好后再发给媒体和一些网站，其中也有我拍摄的图片。之后，就有人给我留言，说，你那些片片太好了！能否用文学语言给我们描述一下呢？

又说，空间那些《零碎》系列应该是散记吧？似乎纪实成分多一些，很想看看你文学语言的魅力。

老实说，这让我有些为难。

其实，一直都在努力来做驻村这篇文章，怎奈个人能力有限，担心贾某会让朋友们失望。尽管是这么想的，但心却在静静地孕育着。

曲云其以其美的姿态，给我以哲思。大多时间，头顶上的蓝色贮满云朵，村庄、房舍、树木、流水、庄稼，就停在那儿，没有更特别的喧哗，甚至，行人罕至，只有年年岁岁固守的静默。地貌上的一切——高山、丘陵、大漠都静静地蹲在苍穹下，静静地静静地思考着时间。

村庄旁，抽水机不断地涌出昆仑山上的雪水，水汩汩地沿着曲云其主干渠，亮亮地闪着光，仿佛是从它的沉思中流出的一缕思绪。它在静谧中，在草和苔藓之间缓缓移动，一路上蓝天白云与它同行。

昆仑山的雪水，渗入南疆盆地，成就了玉龙喀什河，浇灌着南疆大片大片的绿洲农田。于是才有了澄明的天、绿色的地和云朵一样的羊群。在南疆绿洲起伏之中，河流弯曲，造就了土地的形态，造就了流水的颜色，并引领着我们的视线，走进一个又一个村庄。

2

曲云其的土地是那样柔曼，那样鲜亮。经过雪山雪水和时间的磨洗，它就如同一块褶皱在那儿绸缎般地展示着。

水，依然通过河床，通过地下依然流淌，水中也会有泥沙，该沉淀的会累积在洼地里，该流走的去了前方。无论是留下的或流走的，都会清清楚楚地表达水的过往，就像某件事物，它留下的痕迹，比本身活得长久。

可以想见，那些曾经有过的水在坡和洼地间的且行且停，先是积攒成洼，到了该流时便流一阵子，田野或许没有明显的河道，不过是一片农田连接了另一片农田。喀什的绿洲原野，就这么千丝万缕地串在一起，遥想某年某月，水是怎样地奔涌？它是以怎样的形式不舍昼夜。最终对土地进行了归纳和整理，在时光的长河里，连同日月星辰，你走我也走，不疾不徐，都在移动。

很难想象，时间和水，就这么造物主般地营造了土地，营造了林草丰美，营造了飞禽走兽，营造了众多的生命。大约如此，土地生长五谷杂粮，林间飞鸟走兽，河流里闹闹嚷嚷，大地上也便有了人文地理的记忆和怀想。

3

曲云其很小，小到在地图上连个点都没有。但它却浓缩着我们这个地球上的所有耕耘。

村庄、土地、庄稼、人和牲畜，年复一年，都在按部就班。四条腿的马呀牛呀驴呀羊呀，它们吃着人类赐予的饲料，或土地上冒出来的野花野草。当然，两条腿的人会跟在它们身后，从南到北，或从东到西，赶着它们耕地、驮运，或被宰杀换钱，等等；人把种子撒进犁沟，并施以水肥，精心管理，使一片又一片沙土由嫩绿渐渐变为翠绿葱绿墨绿，该长秆的长秆，该扯蔓的扯蔓，等到大地一片金黄时，人们就用手中的弯镰开始收割，之后，再如此代代重复，酸甜苦辣，一切尽在不言中。

4

看看曲云其的天空吧！那些成长与枯萎，过去与现在，多少事情都是在这块天空下完成的，多少故事也都在这儿发生。时间过去了百年千年万年，天空依旧平静，仿佛什么也未曾出现。看看这块土地，人世间的一切都会在这儿天天上演，悲或喜、伤或痛，苦或乐，最后还有我们自己，我们生活过的场景，通通地扔给这块土地。一代又一代人从这儿走过，土地依旧摆在这儿，仿佛什么也不曾有过，如风过耳，无从寻觅。

谁能分得清哪一块地方曾经枕过祖先的头颅，哪些泥土是由一只只抓食小麦玉米大豆的手变成，哪一瓣花朵上开放着某个古丽多少年以前的笑脸呢？

风吹起漫天尘土，喀什飞沙走石，就在那儿，年轮碾过车辙。不知道有多少人被大西北的厉风吹得迷失了方向。甚而，谁也不知道又有多少代人在这儿耕作。他们曾经指望脚下的土地为他们长出几多斤麦子豆子苞谷糜子，在那一片被太阳照亮的黄灿灿中，就像千里平畴麦浪滚滚。

夏收季节，驻村工作队成员在麦子金黄的时候来看麦粒儿是如何被机械化收割，如何由长满麦芒的麦穗里跳脱出来，被装进麻袋。那个时候，我竟有点心不在焉，在时空交错中，一股脑地想那人类始祖，想女娲造人若干的趣事儿。女娲竟是从自个儿脚底下的泥土，一个一个捏，大约她是觉得太累了吧？那就干脆用一根绳蘸上泥浆，四处挥舞，泥点摔落下来，就成了人模人样。

5

我得说曲云其的土地是最具柔情蜜意的，它在喀什宽广的怀抱中，向一方百姓提供了物质与精神的双重食粮。甚至，它一直努力地保持着一种静美，让一些柔柔的绿意轻轻地荡漾，传递着村庄的静谧和友善。

曲云其守候在疏附县城的入口，看似普普通通，但它具有土地和水的丰富内涵。你如果是外来人，可能一下子会忽略它的这些琐碎的元素，但用不了多久，你就会渐渐地发现它的美。

一幅叶脉，那是树的写意。

或许，喀什的漠风掠过树梢，最终会把树木的记忆留在泥土地上。也许，那些沉寂的树木似被春风唤醒了，哗哗的叶子对每一位来曲云其的客人致以热烈的掌声，居住在树上的鸟儿便引吭高歌。现在，我最爱听的，就是曲云其村的鸟儿欢唱了，鸟儿在林中的如醉如痴，常常引我遐思辽远。

6

"我家枣树上有个神奇的鸟，它每天晚上等着聊天呢！"你说。

"它是我这个假期最美的相遇。"

那天你——茹鲜古丽，怯怯地、脸挂微笑，充满诗意地告诉我。

茹鲜古丽是乌鲁木齐某高校大二年级的学生。

你会写诗么？

她羞怯地笑，我看她，她低下头声音很低，但我听清了"可以"的话，声音甚微。然后抬头："过几天我给你拿来。"——

村庄，路灯灰黄

想借光看一本书

打开，却是整个世界

妈妈端水给我喝

我喝了一口

尝的却是一家人的生活

从此，把艰辛写在人生的扉页

牢记生活中点滴的往事

细细回味

—— 我是在她外出勤工俭学三天之后读到的。

我得说，这孩子是有文学天赋的。直到新学期开学，我没再见到她。当然，我有话想对这个孩子说，自然里有矿藏，人的思想也能挖掘出优质的矿物质呢！

我还想说，人生在世，社会就是个大舞台，而作为这个舞台上的人，理应是这个舞台上的舞者。所以，你即便是说话也是舞，书写也算舞，生命更是舞。

这时，现实已经摆在眼前了。白天，你得忙碌，为生活忙碌，为自己忙碌，为至爱忙碌，为现在忙碌，为未来忙碌。只有忙碌着，你才知道你的位置，你才知道你的理想或愿望，只有忙碌着，你才能满足你的需求，只有忙碌着，你才知道你有自己未尽的事宜仍需你去努力。只有到了晚上，一切在你面前都是幻影 —— 不停地敲字的手，思想活跃的大脑，电子屏幕，灯光，以及窗外的星空，还有夜间鸣唱的夜莺……

7

我记得上次住院时，护士李莉给我挂针，她说你的血管真粗，给你挂针很顺利。

我知道，血液在我血管里是路路通，它奔流它循环它旺盛它澎湃它保持了我对生命的热爱。

有人说，血在血管里就是欲望，一旦从血管里涌出，那就肯定是一种失望了。

为何要这么说呢？

血液涌出血管，就会裸露，就会变凉，就会凝固，就会变黑，就会死亡。血液的死，生命就会戛然而止。这当然不是一件让人开心的事儿。

我知道的，人的生命都是暂时的，无论你活到多久，在生命的长河里都只能是暂时的。暂时地呼吸着，暂时地有些维系，即便如此，但这个暂时为大多数人所追求，追求也是一种永恒。人，只要了解了人生渺小，只要懂得追求的伟大，人就会热血奔涌，就会把握自己的任何一次机会！

叁拾柒

1

我和曲云其吾布力·帕里图村主任就村里的发展情况有过交谈，吾布力·帕里图直言不讳地告诉我，在自治区开展"访惠聚"之前，甚至还可以把时间再往前移，曲云其村平淡无奇。尽管改革开放几十年过去了，曲云其村依然生活在贫困线之下。

那是怎样的一种情景呢？我问。

吾布力·帕里图村主任用夸张式的动作形容村里的土路，一脚踩下去，虚土可以深埋到人的膝盖。村庄土地也少得可怜，冬天寒冷，一些村民穿着破烂棉袄，站在朝阳的土墙根儿晒太阳。反正大伙儿都这样儿，谁也不笑话谁。

我惊讶地问："一个上千人的村庄，竟然没有一个中学生。这是真的吗？"

吾布力·帕里图村主任毫不犹豫地说："当然是真的！"他说在他当了村主任后，就下定决心，要改变这一状况。他在支委会上提出了一套鼓励村民子女上学读书的政策。具体怎么做？他给我扳着指头数了数，譬如奖励义工，譬如享受低保，当然还有给予资金奖励，等等。

效果是显著的，从那以后，村里的孩子能上学的都上了学。并且，一个个奇迹开始在曲云其村发生，有了各种各样的第一，譬如第一个中专生、第一个大学生、第一个研究生 …… 第一渐渐多了，全村大学生竟累积到近百人。知识改变了面貌，知识打开了农民的眼界，随之而来的有了种植大户、养殖大户，村庄的奇迹层出不穷。人心思变，更没有人闲得站在墙根儿晒太阳了。

2

通过和吾布力·帕里图村主任交谈，我决定找学生家长交流一下。

尔孜汗，一位有两个孩子的妇女成了我的了解对象。

"听说，你的两个孩子学习都很好，一个已经上了大专，一个今年也考上了技校。你这是教子有方啊!"

我开门见山，为她点赞。

尔孜汗看了我一眼，却说这是现实。

怎样的现实？我问。

这回她没有犹豫，直接说，如果我不让他们上学，他们就会像我一样，只能永远窝在曲云其了。这就是现实! 我不能不面对啊。

尔孜汗说的是实话，我得承认，现实就摆在她的面前，蹲在她的面前，站在她的面前 —— 这的确是现实。想赶走现实吗？她没有那个能力，一个单身女人，带着两个孩子，她想过再嫁，但两个孩子怎么办？

偶然的一次，从电视里找到了自己的影子。她说，现实也是能改变的，但不能依靠别人，只能靠自己努力。那时候，她把一对儿女叫到跟前，她对两个孩子说，你们想到过将来吗？是想跟妈妈一样艰难度日，还是想通过自己的努力学习，来改变自己的命运？两个孩子在她面前你看着我，我看着你。老大说，我们要考上大学，以后不让妈妈受苦受累。

尔孜汗听孩子这么说话，当下欣慰地笑了。仿佛是在倏然间发现孩子们懂事儿了，也长大了。她对孩子说，咱家里的现状不容乐观，得过几年

苦日子。现实是残酷的，它不会因为我们的贫穷就来同情我们，减少我们的困苦。所以，噩梦醒来是早晨，好梦醒来也一样——无论怎样，你们两个都要知道好日子要靠自己奋斗。

事情就是这样，两个孩子记住了她的话——面对艰难的家境，儿女吃苦好学，大队干部也鼓励他们，这让她很感激。"国家通用语言里有一句话说得很对，'种瓜得瓜，种豆得豆'。我的巴郎子（儿子）明白得很！"

尔孜汗说得对，我暗自为她高兴。

3

尔孜汗跟我说的事儿没有虚构，也许，会有人不认可，但我听得出哪些话实在，哪些话虚伪。

有人说，凡是梦想的事儿，请别触摸。一触摸，一靠近，那就会变成另外一种模样。甚或，成为一种幻觉。

幻觉的东西都是虚而不实的。必须远离！

作为人，崇尚真善美，这是人的道德底线。

人是一种概念动物，人也是一种主观动物。人若不主观，人若无概念，人就会与其他物种差别不大。有人对自己的同类产生怀疑，这样的人我遇到不少，他们在对我质疑时，我感到很无语，然而愈无语，愈会坐实别人的认知。所以，我会对这样的人说——人与动物的最大区别：人有思想，动物只有性欲。真善美，假恶丑，于人来说都是相对的。

真善美在现实中，不是一种绝对，但会因人而异。很多事儿，你看似很美，其实未必。

与人最贴近的，是人的诸多梦想。为什么要这么说呢？

道理很简单，人有了梦想，人才会浪漫，因此，人就会浮想联翩。于是，就有了创造的想法，理想高于现实，就会产生作诗的冲动，就有了小说、剧本、科幻、科技，以及种种艺术。大约如此，人让飞船到了宇宙，人让卫星飞上了天，人让苍龙潜入深海，甚至，人还可以登上月球和火星。

有句话是这么说的：让理想照亮现实！

这话对否？答案是肯定的。

人不能没有理想，没有理想，也就没有信仰。

中国的长征火箭系列是真实的，它一次次成功地飞到太空，承载着中国人的梦想。

4

"我看云很近，我看你很远"——这是我给一组图片写的题记。其实，说的是远与近的关系。

远与近，说白了，就是一种辩证的关系。

譬如，我来曲云其驻村，好多朋友打电话问，你怎么去了那么远的地方啊？

远吗？地理上标注1800公里，真远。可能几个月都难能见上一面；但在某一方面，其实是走近了。是心与心的贴近。昔日已远，远在天边；却又觉得，近在眼前。

和同学在网上忆往昔，发来毕业旧照，看当年风华正茂，然后一个一个地回想，当年某人坐在某一排，谁又和谁挨得最近，想着想着，记忆的大门一下子打开了，过往的日子竟一下子拉近了。一切都停在那个时候，那个你离去的时候。其实呢？你早已不是那个时候的你了——那个离去时刻的你！

那时的你，年轻、帅气、纯真、可爱，虽然你觉得今天依然是那时候的你，但在自觉不自觉中你早就和过去的那个你决裂了，现在的你，面目已经全非，甚或，就连举手投足，已经和当年的你判若两人。

5

人到一个地方，相对于眼前的一切，对你来说肯定是陌生的。

陌生其实不怕，就像走路，草地里原本无路，只是走得多了，总会踏出一条路来。

我想说的是，人最怕的是迷失，尤其是你已经迷失了却没有意识到自己的迷失。道路的迷失，只要能意识到，还可以挽回，至多浪费了些时间；如果是迷失了精神呢？这个太可怕。它会让你分不清好坏，分不清善恶，分不清是非。

这世界给了你一切；

这世界亦可剥夺你的一切！

世人就有这样的荒唐。譬如：螳螂捕蝉，黄雀在后；

世事就有这么荒唐。大鱼吃小鱼，小鱼吃虾米。

不是吗？

字与字组成词，词与词组成句，句与句连成文。文与文积攒多了汇集出版，写文的人成了作家，有了苦乐悲喜的情趣，时间久了，脑门谢顶，人面模糊，也许你自己没有发现，但某天遇到了个熟人，说不准会大吃一惊！感觉面熟，其实很陌生了。大笑！

叁拾捌

二茬菜，在夏末初秋种下了。现在，后窗那儿，恰玛古（一种根茎植物）叶子已经铺开，差不多都能盖严垄台了。靠近土才和大黄房子那边，有几棵油白菜却生病了似的，不那么健壮，有时候跟大黄一样，蔫不唧儿，郁闷地耷拉着脑袋。我曾建议努尔给那几棵菜做些"治疗"。努尔说，咱这地里绝对要原生态。所以不用太在意，说不准它别有风味呢！

这么说，我相信。

此前，同事邓康处曾带着我和邱建民一块儿去了疏附县郊区一家蔬菜基地，邓康处认识那儿的老板，通过他协调，我们就拿了一把韭菜种苗，回来后就把它们栽植在后院的菜地里，之后期待它苗壮成长。

从此，天天去看，却始终不见旺盛，叶梗细细的，叶稍泛黄，甚至眯瞪着眼，似睡非睡的样子，难看又可怜。大家也就对它彻底不抱希望了，就让它继续待在那儿吧，可以和大黄它俩做伴，也许大黄和土才有一天会把它唤醒！

我对韭菜有偏好，小时候，常去村东头邻居看他家大田里那一大片青绿肥嫩的韭菜。他们家种植的韭菜春夏秋三季，都会让人敬羡。

韭菜是多年生宿根蔬菜，具有青绿而修长的叶子，柔剑一般的外形，它的根茎横卧，鳞茎型外观，属于百合科植物。特别是在夏末秋初的时候，它会抽出青色的扁圆形薹子，摇曳出青白色的花蕾和花朵，似一朵朵浪花漂浮在青绿的水面上。而它的叶、薹、花都可以食用，那独特的香

味，深得人们喜爱。

记得曾有朋友问我，知道韭菜怎么割吗？

我看他这么问心里极不舒服，我也算是个农民吧？他这么问，在我看来等同于侮辱我。甭说，割韭菜的确是个技术活儿。起码我也是在农村里长大的。也是干惯了这些活儿，多少是有些经验的。要注意的是，镰刀必须锋利。即便是去年你的镰刀很攒劲，那么到了今年，你也得磨磨，要把镰刀磨成新月一般，银光闪闪。目的也是将油污去除，免得祸害韭菜。

除了到田里割韭菜，还有怎么把割来的韭菜处理好的问题。具体做法是，把新割来的韭菜轻轻地漂洗，沥去水滴，晾去水气，然后需要利刃切断。切记，勿用任何调料，仅需热油爆炒，再加上适度的盐，就是精美鲜味儿一碟。切记，炒韭菜一定要把握好火候，起锅太早，炒不出特别的香味；起锅太晚，会出现臭味。

当然，我必须承认，自己最最喜欢的则是羊肉韭菜馅的饺子了！除此，也不会拒绝鸡蛋韭菜馅的饺子。有时，搅面糊糊，捣鸡蛋蒜，蒸韭菜鸡蛋卷饼。每次这样吃，都会不由自主地想起某年某月的某座老院子。青瓦屋，老槐树，木格子窗，小板凳。于是，心里就亲切，像是回到了我的故居，感觉超好。

到了这个时候，方明白了一个道理，这哪是吃韭菜啊！我敢肯定地说，我所说的吃，绝不是韭菜的味道了，而是记忆。是年年岁岁越长越久的怀旧。

叁拾玖

　　昨日在文字里提到后窗菜地里我们种下去的菜，甫提有多么好。上海有个朋友看了后就对我说："可惜我没有那样一块儿可供种菜的地，你们多幸福啊！"能吃到自己种的原生态蔬菜，这是多少人的梦想呢！

　　这话，如果是放在以前，我就会觉得他是在损我呢！但现在，我觉得朋友说的是实话、心里话。

　　上海我去过多次，寸土寸金，人稠楼密，连居住的空间都让人憋闷得慌，哪儿还能提供你种花种菜的地方？像我现在住的曲云其，对城里人，尤其是北上广一线城市的人来说，绝对就是个奢望。这么一想，幸福指数一下子超过了GDP不知有几十倍了！

　　曲云其村的确还在国家级贫困线之下，没有钱买奢侈品，我相信这只是个时间问题。有天，我和村民伊斯拉尔在路边聊天，我说生活在曲云其村是幸福的，也给他列举了二三四例，他没有反驳，但向我诉说了他所向往的生活，对此，我能理解。想过富裕生活，绝对没错。我想说的是，人是应该有所追求的，只要勤劳，只要肯干，就一定能够实现。

　　还是那位上海朋友，未等我回复时，又问我，你们会做泡菜吗？我当然不会这个。我们另一个村的驻村干部张诚会，张诚同志和我一样是部队转业军人，亦曾在军旅担任过驻部队记者，能写，那是肯定的。但他会泡菜却令我刮目相看。

　　这事儿是邓康处提的想法，他的意思是想邀请张诚同志来帮我们做泡

菜。张诚很热情，也愿意来我们村帮忙。只是问有没有萝卜？

当然有。

种萝卜的时候，努尔还让我们撒了香菜的种子，结果不仅是萝卜，连香菜也都出来了！我是比较喜欢香菜的，它们伸着弱弱的茎叶。薅下洗了，切碎，往茄酱里、西红柿汤里扬一些提味，那味道绝对的香。凉拌皮辣红菜，也绝对是少不了的。

您知道皮辣红吗？

去年我到南通会友，朋友让我点菜，我就给服务员说，来个皮辣红吧！服务员惊得张大了嘴，愣是不晓得啥是皮辣红。我就告诉她，皮辣红的皮，就是洋葱，新疆人叫它皮牙子，辣呢？自然是辣椒了，至于红就不用我细做解释了吧？西红柿便是！这个菜品在新疆很吃香，一般喝酒的人都会点它。它既能保健，又好下酒。

当然，香菜、芹菜的香气都是我喜爱的。只是秋香菜不太好种。早了，出莛，晚了，长不起来。而且，菜园子里蝲蝲蛄多，专拱种子上面的浮土。以致透风，种子几乎全落干。萝卜旁边，芥菜苗细细的，叶子有一手掌长。白菜是水菜，只要给它勤浇水，长得就旺，一天一个样。隔了几天，张诚答应了我们，说来就来了，帮我们泡了一坛川味的泡菜，甭说，都是大家最喜欢的菜了。

肆拾

昨晚，严重失眠。怎样努力，眼睛都大睁着。

没瞌睡吗？也不是！刚刚还瞬间打了一个盹儿，但很快在零点零零零一秒内一个激灵，醒了。然后，就再也闭不上眼了。心想：咋这样呢？

找不出原因，莫非心灵作祟？

这样的事儿，在以前是常事。那会儿写作着魔似的，尤其是夜里忒来劲儿，咖啡一杯接一杯，水一壶接一壶，有时，几乎整晚不睡。自从被检查有"三高"后，医生让我尽量别熬夜，于是戒毒似的不喝咖啡了，强迫自己最晚必须在夜里零点之前就寝。

睡不着，拉开窗帘。

窗外，太阳能灯光把院子照得白昼一般。万籁俱寂，我穿好衣服，轻手轻脚地走出屋子，到底是入秋了，夜微凉。除了偶尔秋虫的鸣唱，算是安静。

无风的夜似仙境。灯光下树影斑驳。院里院外，树木多以杨树为主，高的也差不多高，况且也高不了多少，矮的也矮不到哪里去，高的矮的参差着，形成许多浓密的阴影。我始终认为，林子的好处，能使人辨别出光和影。

光，始终沉稳；影，常常凌乱，尤其是被风左右，苏轼的"起舞弄清影"大概就是这么来的！但影的好处，会在酷夏显现，尤其是人在新疆，日光暴晒得厉害时，倘若附近有树，哪怕一两棵，你躲到树影里，立马就能感受到凉爽。那一刻，树枝摇动，影也晃动，一幅幅优美的光影画面，也让人心动。多好啊！就像放一幕黑白电影，梦幻一般的美好。

敲字的此刻，不受限制的思绪，似乱奔的马。不知怎么的，就想到，已经在曲云其村呆了大半个年头了。联想"光阴"一词，可谓之"光阴似箭"了。

突然间灯光没了，院里一下子藏进黑暗里，当下就听土才或是大黄在后院"汪"了一声，莫非在提醒我该睡觉了吗？也罢！

不敲字了，但没睡意。睡不着就坐着，憨葫芦似的低头任思想在自己的世界里游弋，哀乐怒喜皆由心。现实里行走，要收着性蜷着心。种种，有时会觉得，非常不自在。现在身居乡村，真是个放养心灵的好地方，心里美滋滋。当然，偶尔也有人说我，你写什么"文字"？

—— 懒婆娘的裹脚！后面话没说，我替她说吧！潜台词 —— 又臭又长。

这个没关系，文字是属于我的日子，我只是为了把2016年难忘的驻村生活做个备忘录罢了！瞧不起，没关系。俺就是肚子里二两半香油的一个土老帽儿，没有必要装斯文，权当是个大尾巴狼吧！自娱自乐。别人看它好或孬，都没关系，再说，贾某又不是来演出，看不上，可以不看呗！

个性安静，不招惹是非，偶尔文字性情起来，也会口无遮拦，但无心惹人不快。有时选择原谅，有时不原谅。不是气量小，而是觉得人要有底线。误会，或诚心意见，权当没发生。想这世上，是是非非，哪个人后没人说？

贾某不是圣人，凡夫俗子一个，不可能入人人眼，人人也不可能了我心，更多的时候，我只是看，但绝不是"冷眼向洋看世界"，而是选择沉默，不言语就好！

肆拾壹

出了一趟门（休假）。虽说时间短暂，但陪几位远道而来的友人去了趟甘南，也去了青海和伊犁那拉提草原。

在动手写这些文字时，早已返回我的曲云其村里，心仍在祁连和青藏高原游走，如初秋的风，或秋风带来的凉意。心思寥落，却也安宁。在这个秋风微凉的日子，走过看过的人或事，可着心，也几乎皆不可心。恰如，西风横塘秋雁一声。飞远了……

风姿绰约的秋初，怡然幽然飘在窗外。

那些绿，仍在郁郁葱葱，吹弹可破模样儿，密密麻麻粘在枝头。曲云其村高高低低的屋子，错落有致，稳稳坐在绿荫里，被树影斑驳筛出红或灰的墙。树影也把时光筛得阿訇诵经般静和悠长。它们已经勘破春夏，又开始参悟秋天了。

鸟声，在秋的浓绿里，像春或夏，仍在痴痴地鸣啭，极像圆润的珠子来回滚。尤其，朝阳要出未出时几啭，像极。一片清寂，几朵云影，层层堆叠的墨绿，薄的暗色的清透。鸟声唱和在哗哗啦啦的叶子瞬间，所有上面，兴高采烈地跳滚，轻盈地翻着跟头。

新或旧的铁或木的门旁，月季花不知已经开了几茬？还有木槿花呢，之前我弄清楚了，那样一种能从春始开到初冬的花儿。

曾听到一个关于木槿花的传说，说是濮阳一带流传舜华、舜英、舜姬三位花神，其实她们原本是一种常见的木槿树。树如何成仙，且有如

此高雅的芳讳呢？反正有些神乎其神，扯起来有些遥远，说是在上古时期，古帝丘东有一丘陵，人称历山。这历山脚下长着三墩木槿，高若两丈，冠可盈亩。每至夏、秋，花开满树，烂漫如锦。可叹好景不长，时有绰号"四凶"的几个恶魔见此美景，生出歹意，就想据为己有。一场争抢木槿的争夺战在所难免，最终，三墩木槿被刨倒了。说也奇怪，木槿树一倒便迅速枯萎甚至花殒叶落。"四凶"恶魔见此，也只好败兴而归。话分两头说，一个名叫虞舜的闻讯赶来，招呼跟随他的农夫把三墩木槿扶起，并汲水浇灌。奇迹竟然出现：三墩木槿枝叶顿鲜活，花开如初。按说，故事到此应该结束了，且慢，谁料想木槿仙子为报虞舜活命之恩，取虞舜之讳为姓，以示纪念。虞舜心里明白，就在木槿复活的当天夜里，他在梦中见到了仙子们的芳容……三仙女飘然而至，仔细看，个个面若桃花，出水芙蓉般的漂亮。虞舜正看得入神，三仙口称"恩公"。虞舜不知所措时，众仙子笑曰："吾非人类，乃木槿仙子也。承蒙恩公扶危相救，得以保全体容。"虞舜正要再问，倩影早逝，仅见床前明月光。传说可以不信，且作谈笑资料足矣！但木槿花却是有些历史。古诗云：

夜合朝开秋露新，幽庭雅称画屏清。

果然蠲得人间忿，何必当年宠太真。

据说，木槿花由波斯经丝绸之路传入内地，传花使者就是张骞，之后传到朝鲜，朝鲜人就叫它无穷花，到了韩国，韩国奉它为国花。到底是不是这样呢？咱不必细究，我现炒现卖，权当为读者提供点娱乐耳目之需罢！

木槿花朝开暮落，但每一次凋谢都是为了下一次更绚烂地开放。就像太阳不断地落下又升起，就像四季轮转，却是生生不息。更像是爱一个人，也会有低潮，也会有纷扰，但懂得爱的人仍会温柔地坚持。因为他们明白，起起伏伏总是难免，但没有什么会令他们动摇自己当初的选择，爱的信仰永恒不变。

　　昨日午饭后，独自沿着曲云其的主干渠边散步，昆仑山的雪水，哗啦啦，哗啦啦，年复一年地响在渠里，也响在路边的树下。紧挨路边的人家，窗或门，或开或闭，每天都静静地，像一只只张着的眼，注视着路上的行人——熟悉或不熟悉。我知道，我虽然是个汉人，但曲云其对我来说其实并不陌生了，半年多时间，差不多家家户户都是挨着遍访过，俗世风尘，都已熟知，也都从眼前过去——有时风，有时雨，有时浮尘飞舞，有时太阳当空。老百姓是我等的衣食父母，我们来到曲云其，一方面帮助村民脱贫，另一方面也是为了感恩。我一直在想，我们既然在院子里栽下了木槿花，就当像木槿花那样，在扶贫攻坚的路上，矢志弥坚，不忘初心，学会感恩，重情重义。

肆拾贰

莎乃孜古丽说她十七八岁的时候就有病。

啥病呢？她没说，但不会影响她婚嫁生娃。

莎乃孜古丽的男人叫艾则孜·卡哈曼，先前是某单位领导，咱甭管他单位大小，起码大小也算是个领导。不仅有人仰慕，也是一表人才，用现在时尚的说法简直就是"帅呆了"或"酷毙了"。

年轻时，赢得过好多女子的芳心。坊间传闻，很多人对此有点云山雾罩，不能够啊？像艾则孜·卡哈曼，要长相有长相，要地位有地位，咋就能看上一个乡下的女人呢？莫非她有什么过人的地方？

莎乃孜古丽很受看，这可能是其中的原因。她细眉细眼，肤色较白，虽说有点瘦弱，但隔年腹部就会鼓一次。煮饺子似的，连续给艾则孜·卡哈曼生了三个克孜（女娃）。生第三个娃时，上级领导找他谈话，不能再生了，再生罚款不说，可能还会受到处分。然而，仅仅只消停了一年，又一个巴郎子（男孩）就像瓜蛋子似的落地了。

三个克孜（女孩），努尔斯曼·艾则孜、迪丽达尔·艾则孜、伊利汗·艾则孜，巴郎子（男孩）叫海里里·艾则孜，像个句号。20世纪80年代初，政府也提计划生育，但要求还不是那么严格，南疆农村的娃娃草似的，随地一丛丛地生长。乡亲们也没啥讲究，草啊、花啊、树啊、水啊，眼皮一眨，随口给个名字了事。自治区成立40周年大庆时，我曾到喀什采风，还记得一个乡干部，50多岁，却生了好几个孩子，我问他怎么养活啊！他说恰塔克约克（维吾尔语"没关系"的意思）。我说孩子你能数过来吗？他哈哈大笑，说没名字，叫数字。我再问，干吗要这么多孩子呢？他半开玩笑地说乡下没啥文化活动，又缺电，只好早早睡觉，所以孩子生得多。应该说，这个乡干部还是颇具代表性的，在他们看来，活着从早到晚忙生活，挂个什么名号都是走一遭。

三个克孜长得好看，都随了莎乃孜古丽，个个白皮肤，尤其是眼睛，水灵灵的，会说话。就像篱笆上伸出的三朵花似的，映照得曲云其村那个土坯房子的黯淡院子很生动鲜活。

艾则孜·卡哈曼因为超生了巴郎子还是受了处分，领导是当不成了，被调到一个国有企业，但很快企业倒闭，只能回到家里，闲着。莎乃孜古丽安慰他，回来好，家里的事儿不用你操心，你就在家培养孩子们吧！

艾则孜·卡哈曼嘴上嗯嗯地答应，心却想，哪能啊！羊缸子（媳妇）身体不好，一群娃娃嗷嗷待哺，无论如何不能这么闲着。他懂会计的活儿，出去找了份差事，有事儿的时候去忙那边的事儿，没事时在家教孩子们汉语，他知道学好双语对孩子的未来是件好事儿。子女们也都懂事，替爸妈分担，在家轮流做事，大女儿努尔斯曼·艾则孜和二女儿迪丽达尔·艾则孜双双考取了内高班（内地高中班），小女儿伊利汗·艾则孜也考到了乌鲁木齐一所职业中学，最小的巴郎也渐渐长大，学习成绩也不赖，家里虽然不像以前那么富裕，但两口子把几乎一穷二白的日子变着法儿料理停当。

再后来，大女儿从内地高中班考入华东某高校，而且毕业后留在了南方，像她妈妈莎乃孜古丽，利索能干，也要强，还干脆凌厉。就是说话，速度都快得像曲云其村边那台抽水机放水，哗啦啦，九天银河落地不说，还得溅起一大片水花，举手投足都带着一股劲儿。尤其悄悄儿回眸那一横眼波，流光溢彩，美不胜收，让人魂魄摇荡得忘神。她夫君是汉族，带去家里让二老看，二老满心欢喜。

　　二女儿迪丽达尔·艾则孜毕业后从内地回到了新疆，嫁给了家在北疆的一个同学。她丈夫人高马大，哈萨克族，是个牧区教师，也是个咧嘴一笑泯恩仇的人，宽厚肩膀扛住了迪丽达尔不少泪花。迪丽达尔帮着丈夫教学，眼睛一忽闪，也忽闪傻了无数回丈夫。并且，一连给丈夫生了两个巴郎子。最初，艾则孜·卡哈曼是不满意这桩婚事的，莎乃孜古丽数说他，亏你还当过多年干部，他们的生活不需要你操心的。羊缸子这么说他，艾则孜就默不作声了。

　　直到一家人，辗转千里来到北疆，看到女儿和女婿的生活环境，几间泥屋，一处大园子，再在沟边开出很大一片荒地。葵花朵朵，蜜蜂嗡嗡嘤嘤，鸡呀、鸭呀、羊呀、狗呀、牛呀、马呀此起彼伏地在园子里欢唱，和谐共处，这景象，让艾则孜·卡哈曼感到很知足了。

　　转眼，他们的三女儿伊利汗·艾则孜也毕业了，留在了乌鲁木齐，在一家民营企业打工，老两口都觉得不妥，想让女儿回喀什或疏附，可谓苦口婆心，但女儿就是不从，还说老两口观念落后，须知人往高处走的道理。

　　罢！罢！罢！

　　女大不由娘，不回就不回吧，老两口也只好由小女儿自己决定自个儿的命运。

　　巴郎子也长大了。出脱得伶俐。但又太伶俐，什么事都懂。十四五岁，还是小家雀儿呢，却已经知道很多事儿。艾则孜·卡哈曼最不放心的就是这个孩子，怕他太聪明了不安分，怕有不良分子教唆他。不过，他已经给生活在南方的长女说了自己的心思，想把小子托付给长女去管教。再说，大女儿夫妇创业有成，这个应该不成问题。

　　命运，有时脆弱极了，被稍稍一碰，就拐了弯。比如，许多年前，艾则孜·卡哈曼，那会儿若不超生，他可能会官运亨通，一家人过得也许会很踏实。但那也就不会有小四了，三个女娃娃会有今天的生活吗？

　　祸兮福所倚，人生谁又能说得清楚呢！

肆拾叁

一直以来，我就觉得自己是一架琴。琴，是需要调音师经常来调音准的，否则用久了，琴弦难免会松动，琴弦松动，弹奏起来就会不着调儿，这会影响到正常的演奏，所以需要琴师来进行调理。如果用在我身上呢？就是看医生。医院里的大夫，就是我这架琴的调音师。

人会生病，这是不以人的意志为转移的。病了去看医生，让医生开点药，调理一下，这是小的维护；如果去住院，那就是进厂大修了。尽管面对生死我不会担心，但每年都会去医院把自己大修一下，算得上理智吧。再说，这样做似乎感觉良好。

既然，我是一架琴，7个音谱"哆、唻、咪、发、骚、啦、嘻"，须是一应俱全的了。诸位：咱们不妨听听贾某这架琴的音准是否中听？

哆

喜欢这个音符 —— 哆。

低音，容易把握，起码不会走调。在我而立年之后，基本上保持了这样一种基调，不张扬、不张狂，不以物喜，不以己悲。我的朋友就说我，你这个人咋这样啊！没有一点儿自我意识，还不到说年龄的那个阶段，却把世事看得如此平淡？

老实说，谁没有自我意识呢？我当然也有！这个从不否认。有自我，

是因为自我是距离自己最近的地方了，任何人都不可能绕过自我的。但是，距离越近，有时却越看不清自己。大约如此，才有了"当局者迷，旁观者清"的俗语。一般而言，人都有"自我感觉良好"的体悟，这其实不是一件好的经验。譬如我对自己，也爱自以为是，觉得不会有什么大毛病，所以医生开的药，我总会忘记了按时吃，甚至干脆不用。不是有"是药三分毒，不吃自然无"的说法吗？我就信守这个。

那天，去自治区中医医院办理住院手续，值班护士一看到我就说："把胳膊伸过来量血压！"我把胳膊伸进那个电子血压器，俄顷，护士惊呼：天呐！110 至 190 —— 末了，又命令式地要我伸出另外一只胳膊 —— 再量，依旧高。这回是 100 至 180！她问，你是怎么回事儿？这么高的血压还坐飞机？不要命啊！瞧她一脸认真的模样，我说："那怎么办？喀什到乌鲁木齐有 1800 多公里，我又不是孙猴子，一个跟头翻过来啊！"话是这么说，这也是我自己造成的。如果能够认识到"自以为是"带来的诸多弊端，也不至于出现这种状况。

我到底是个怎样的人呢？

那天吃过饭赶到医院打穴位针，路上遇到刘娟，小姑娘和她新婚的老公 —— 一个很帅的回族小伙去办事儿，她给小伙子介绍我 —— "一个颇具传奇色彩的人！"

传奇？我愣了一下，同他们道过别，当下认真细想：我怎么会给人留下"传奇"一说？

我这半生倒是有过几件事儿引以为豪。一是我参加过中国三次核试验任务，并且受到过通令嘉奖，见证了中国国防科学的发展；二是我采访过中国空军的摇篮 —— 迪化航空队中的国共两党飞行员，并以此为原型，创作了纪实中篇小说《青天作补》，不仅如此，小说还荣获了 1991 年度全国中篇小说一等奖的殊荣；三是在疆数十年，两次有幸参与了庆祝自治区成立的宣传活动，这两次分别是四十年大庆和六十年大庆的宣传 …… 诸如此类的事例还真有几件，不大，亦不算小罢！就此打住。总之，我给自己评价是：一个不精不傻不俊不丑的极其平常的 —— 男人！

咪

来了一个电话，手机屏幕上没显示姓名，应是陌生人吧？再热娜推着药包站在床前说是给我灌肠，我正要接听，她却高声道："别动，做完再接！"任对方如何呼叫，我也只能耐心地等着。好在小护士动作麻利，没用多少时间。急忙把手机贴在耳朵处，传出一个河南腔："永红，听出我是谁了吗？"当然听得出来！这个河南腔发自老战友王参谋，他的声音曾经给我耳朵里灌输了1400多个日子，豫剧腔早已让我的耳朵结了痂。

多么熟悉的声音啊！

我说，是王参谋吗？手机那边，大笑！说：还行，耳功蛮好！又问："你现在弄啥哩？"我回说："住院。""啊？"听得出王参谋有些吃惊。问："不会是那年被吓出来的毛病吧？"

这句话有力道，竟一下子把我推到了20世纪80年代初。记忆深刻，至今难忘！

故事发生地：解放军某导弹学院。

那年，我和老王代表驻疆空军参加各大军区空军作战参谋计算机培训班。学习期间，某一日校务部长专门来我们这个班强调纪律。规定所有男女学员，必须在晚10点前熄灯睡觉。是夜，班长组织大家讨论，整顿作风与纪律，人人表态。散会后，我和老王同志回到宿舍，准备洗漱睡觉。岂知，怪事迭出，先是一只毛色发黄的老鼠在我俩面前若无其事地走来走去，我和老王当下拿扫把作武器对老鼠进行驱离，警告它这是我俩的地盘。但无论我俩如何驱赶，这家伙竟和我们玩起了捉迷藏。正热火朝天时，居然从眼前销声匿迹 —— 不见了。

去了哪里？老王参谋自言自语，且连连称奇。我也纳闷，但苦于寻它不到，只好无奈地准备铺被睡觉。谁想，正汗流浃背时，老鼠却卧在我的枕头边上。老王眼尖，一个箭步，就把那厮拽到床下。回头看时，那厮居然卧下来瞪圆了两个鼠目，兀自岿然不动。当下，我毫不犹豫地用扫把拍死了它！王参谋见状戏弄我，说："小贾参谋啊！今晚这只老鼠很让人蹊跷呢。一是它从何而来？咱俩不得而知；二是它居然卧你枕边，此乃何意？我猜想：一定是鬼使神差来找你的！"说完，哈哈大笑。又道："看来你是要交桃花运啦！"

晕倒！

两个人很快入睡，到凌晨一两点钟。我起来去卫生间，回到房间怕惊扰了老王，没有插上门栓，掩上门就轻轻地上床了，正眯瞪时，隐约听见"吱"的一声，感觉是有人开门，当下惊醒，原以为是老王参谋去厕所了，但俄顷有异，脖子被一股阴冷的风扫了一下，凉飕飕的，这下彻底清醒了，只听到老王呼声正酣，看窗户月照斑驳，咋回事儿呢？用眼睛再看头顶天花板，妈耶！只见一女子细手长指，披头散发，身着白衫，披肩的发梢已经搔到了我的脖子——有点痒。最恐怖的是那只细长的手指，几乎就要触到我的脸颊了！一瞬，我惊恐得猛然坐起，大呼一声"鬼！"，那个影子也随即跌倒在地。当下老王惊醒，看到床下的影子，我俩谁也不敢下床，就坐在床上吆喝起来，声音恐怖，也惊醒了别的房间的同学。一位北京籍同学仗着胆大，迅速跑到我们房间拉亮了灯，才看清地上有一位清瘦的女子。

原来，那女子是人而非鬼也！

后查明女子是二炮学院军工子女，姐妹5个都是哑巴，且神经都有毛病。据说她大姐曾嫁一军人，可惜牺牲在1979年那场对越自卫反击战中。军工的五朵金花尤喜欢军中的战士，巧的是那晚我们开会的时候，她悄悄溜进我们宿舍内的水房里，躲藏到某一角落几个小时，又因我的疏忽，竟让她钻了空子，破门而入……那晚之后，我和老王参谋几乎一个礼拜都处在无眠状态，第一次接受了所谓的"心理疏导"。

咪

迷迷糊糊，似在睡梦中，一只猫爬到我的身边。梦中的我还在琢磨这事儿，这是自治区中医院啊！怎么会允许猫进病房？

"喵喵"的叫声又出现了，不过这会儿看清楚了，床边坐的是紫儿和她老公小林。原来猫的叫声——源自紫儿的手机。

我有些诧异。紫儿正对我挤眉弄眼做着怪相，这两个家伙怎么知道我在这儿？

见我已醒，小林笑着问：贾老师身体好点了吗？

"先回答我，是谁告诉你们我在这儿？"我反问。小林和紫儿互相用眼神交流了一下，不语，却嘿嘿嘿地笑。

算了，不问了。都是多年真诚的朋友，他们来看我，我能埋怨吗？我唯有感恩！

我不喜欢干扰别人的正常生活秩序，尤其是遇到什么事儿，不想让人家破费来看我。真的，我就是一个普普通通的俗人、平常人，没必要把自己当作多么金贵的样儿。平常人会讲究实际，为人处事站在对方的角度考虑问题，也就是将心比心，讲别人，讲自己都能够实事求是，不夸张、不掩饰、不违心、不是非，前不久一袖云说我"像教父"，这不能不引起我的警觉。暗自告诉自己，一定要谦虚谨慎，做到谨言慎行。借此之机，我要感谢大漠青歌董事长刘建平先生！

感谢我的同事何云中、马宇含！感谢我的朋友靳炜女士、张新建经理、李维先生！

感谢小林夫妇！

感谢昕源酒厂王明山厂长！

感谢你们在百忙之中在我住院期间对我的关心！

我难以想象你们是何其用心。

此次回乌鲁木齐住院，自以为很保密，但还是躲避不了朋友们给予我的关爱。我知道，千言万语，我无法说尽心中对你们的感激。在这个物欲横流的社会，我们还能心存纯真，谓之难能可贵。而纯真的存在，对我们这些喜欢文字的人来说就是个提醒。这就是责任，就是我们该怎么去歌颂，去挖掘，用我们的文字呼唤人的良知和纯美，呼唤人与人、心与心的那样一种对真善美的期待！

发

河南文友叶先生给我发来一条短信，开始没有想起他是谁，之后躺在病床上努力搜寻，渐渐地，这位朋友的大致轮廓便清晰起来。

没错！是河南鲁山县作协主席叶剑秀。我们是在2014年冬季在安徽风起中文网络年会上认识的，其间的那两个晚上我们同居一室，我从他给我的名片上，知道了他的身份。

想想，人生有时候就这么出奇，缘分就这么在不经意间遇到。过后我想，假如没有2014年冬天的邂逅，我可能不会知道叶先生的家乡。那时，他盛邀我去他家做客，只是那会儿我在北京已与黄山和杭州的文友有约在先。不得不说这多少有些遗憾，好在来日方长，去叶先生的家乡，相信终能成行。现在，看叶先生短信，竟是感触良多，说欣喜也罢，怀想也罢，于是乎那种一见如故、一见钟情的情节便鲜活生动起来。其实，有人或事，若在意，就能惊天动地；若不在意，也就一如鸟过无痕。

骚

几个年轻的朋友来我病榻，张君仗着和我熟悉，口无遮拦，称我为当今骚客，不管它是否达意，反正就这么戴在我头顶上了。罢！罢！罢！由他去吧。

谓之骚客，其实都是喜欢舞文弄墨，喜欢游历山水，喜欢回归自然，能够有感而发的一群人。从这个层面上来讲，贾某是可以罗列其中的。尤其是近一两年，也学会了逍遥，想想人生苦短，岁月如歌。仆仆劳顿于人生旅途，倘能时时掇得几缕清风入怀，不亦乐乎！所以我是主张若有机会，就应时时外出旅行。人若绝于山水，岂不是自绝于风趣灵运耳？"人生得意须尽欢，莫使金樽空对月。"想想李白，悠闲处事，纵情山水。品尝人间美味佳肴，体验人间辛酸苦辣，如能约上二三好友，明窗小酌，对酒当歌，逍遥快活，胜似于神仙！

唉，可惜我现在必须戒酒了，身体不允许喝酒这只是其一；关键的关键，是人活着太美好了！为了这个，我们可以去纵情山水，但不能如李白那般嗜酒如命了。诸位，别笑我胆小怕死。我不想冒险，因为我的思维尚好，我只想为了人生这样一种美好，尽量把生命保持到极致！

啦

"啦啦啦，啦啦啦，我是……"一阵童稚的歌声灌入我耳，还想听时，护士的"嘘"声，阻止了那童稚的歌声。

我出去看，见一漂亮的小姑娘手里拿着桑葚，我给她摇手，她却要我吃小手里的桑葚。

一个好可爱的孩子！

　　桑葚是好东西，百度词条上有它的注解。看到桑葚，就会想起我家院子里的那棵桑葚树，那树冠庞大，惹人注目。每当桑葚成熟的时候，我都会爬到树上摘桑葚吃。成语里有"谈虎色变"一说，而我也会有"见桑反胃"之虑，现在回想，桑葚又何尝不是一种岁月的味道呢？

　　我曾在一篇文字里看过有关它的叙述，很美，也很享受。

　　此刻，在敲这些文字时，酸涩的过去依然历历在目。其实，种植桑葚在中国有着悠久的历史。读中国史，知道在古代，男耕女织，采桑养蚕，亦是当时的大众产业。阅读过《乐府诗集》，欣赏那种如诗似画的美景，淇河岸边，春意阑珊，桑林沐浴金色阳光里，宽阔的桑叶葱郁茂盛，更有三三两两采桑的女子，身姿婀娜，在林间嬉戏欢娱，一种青春之美、动态之美便悄然入画，进而引发了多少文人墨客为此挥毫泼墨，创作了一个又一个或浪漫或缠绵或悲壮的爱情故事。

　　发生在桑林间的故事不胜枚举。但不在笔者的叙述之列。在我的住地曲云其村，有360多户人家，谁家还没有三两株桑树呢？就是我住的院子里，正对着我的窗前墙根，来乌鲁木齐住院的头前晚上我和同事邓康处还站在树下聊起这株桑树，绿色的树枝上结满了果。邓康处说等你回来就赶上吃桑葚了。我说我不吃的，我和你这会儿站在树下说话，仅是为了一种怀想罢，可惜我没有文彦博那样的才气，但仍记得他那首五言诗：

　　佳人名莫愁，采桑南陌头。

　　困来淇河畔，应过上宫游。

　　贮叶青丝笼，攀条紫桂钩。

　　使君徒见问，五马亦迟留。

　　桑林悠悠，历史悠悠，它滋养了一方水土，也孕育了美的文字，供我消遣，岂不快哉、美哉？

　　仍在中医院，没有负担地躺在29床，有如暮春夏初的风，或是被小女孩童稚的歌声吹起一阵微尘。心思寥落，倒也安宁。回想岁月，忆起走过或看过的人或事，皆可于心，亦可不于心。恰如，在曲云其我宿舍窗前杏树上的鸟儿，说着说着，扑棱一下都走了。

风姿绰约的初夏，现在就在窗外。

院内那几棵杏树、桑树、核桃树、苹果树、蟠桃树应该都已茂盛了吧？可我依然会记起它们初始的样子，娇滴滴地站在枝头，翠绿、脆嫩，一副吹弹可破的模样儿，却叫人心生感动，那是对生命的感动和敬畏！无论是阳光或是月光，都会令树影把时光筛得老僧诵经般静和悠长。此时此刻，我在想，它们既然已勘破了春，那是否又参悟夏了呢？

嘻

我又飞回喀什了。还是小艾同志到机场接我。

回到曲云其，走进我们住的院子里，几位同事都出来和我握手，短短10天时间，院子里那些果子都争先恐后地成长，满树满枝满院，桑葚红了，落了一地，几十株月季也盛开了，白的黄的粉的红的，装扮着我们院子。布谷鸟也来院子了，在绿色里，一声两声地唱着，那些小巧的雀儿，滴溜溜地蹦来蹦去，极像圆润的珠子来回滚。尤其清晨，朝阳将出但未出时，鸟在窗外似在举办什么活动？一片清寂中，在那些层层堆叠的绿丛中，鸟声此起彼伏，在所有上面，跳滚，轻盈地追逐。

向来不爱热闹的我，其实很愿意守在这么个院落里，守在这么一小块岁月里，坐在窗前敲字，一任思绪游弋，很安逸的样子。我已经学会了在这样的日子里享受，把自己安静成一截篱笆，一堵墙，或院子里那些茂盛的花草。就这么静静地坐在竹藤里，看天，看树，看鸟，看日出日落，以及那些看得见或看不见的悲与欢在某个角落里兀自消融……

哆、唻、咪、发、骚、啦、嘻——随着，这最后一个音符拨动，蓦地惊觉，我的人生已去掉大半。刚刚经历了一小段短暂的休整，感触谓之

良多。在公务平台上，我也快下马歇鞍了，明年归期一到，收拾下身心，去远处走走，人都说，远方有风景。那，就享受一下光阴，让自己彻底在路上。坦白地说，这念头，已不是一日两日了。

肆拾肆

　　早晨，天空如洗。微凉，哪儿都抹不开似的。

　　打开院门，出去散步，见那条乡村公路，有村民结伴，不紧不慢地行走；有骑电动车的村民，一溜烟儿，不见踪影；赶着羊群的村民，吆喝着，羊群蛮有秩序地迤逦而行，有一丝动人，引人注目。路边人家，一老妇人满脸皱纹，一脸平静，一身民族服饰，坐在石墩上瞅着路上行人。

　　生活没有什么两样。

　　我一如既往，走在自己的路上，大步流星，与人交错，与人擦肩，与人背道而行，也是满脸平静。

　　中秋，到了这时节，秋已经很像个秋了。有些树上能看到些许的叶子被日子拖黄了，绿里面渗出一层淡淡的苍老和凉意。

　　半晌午的时候，驻村工作队全体汉族同事在一起欢度中秋传统佳节，这是鲍书记（我依然称他鲍厅长）的特别安排。在此之前的头一天，他也召集了驻村工作组中的所有少数民族同事，一起庆祝佳节。

　　今年难得的古尔邦节和中秋节重叠，古尔邦节是同胞的传统佳节，类似春节，这些节日已经成了新疆各族人民共同的节日。

　　中秋节应是最浪漫的一个团圆节了，似乎成了一个民间习俗，竟千百年的传承至今，年年岁岁，依然是花好月圆。既然是团圆的日子，当然寻求的是一个"圆"字。或许这个原因，人们也便对中秋的月亮赋予一种特殊的寓意。大约如此，古往今来，文人墨客，无不对中秋的月亮情有独钟。翻阅唐诗，仅吟诵月的诗词就不计其数。像李峤的《中秋月》、杜甫的《八月十五夜月》、李频的《中秋对月》以及白居易的《八月十五日夜同诸客玩月》等等。看看这些对月亮诗兴大发者，我数了一下竟有近百之众。每每吟诵，都能使人回味无穷。

鲍书记在中秋聚会时说了一段感人肺腑的话：中秋乃团圆的节日，大家本可以在家里与父母高堂、与妻子儿女欢聚，但为了南疆人民，不远千里，坚守一线，为了民族、为了国家的大圆，舍弃了个人家庭的小圆，无怨无悔。

太阳灿，天湛蓝。白云一大朵一大朵，毛茸茸的，悠悠地在远天飞。风从近处的树梢上过来，扯得细树枝翩翩起舞。鸟儿惊得不知所措，从这棵树跳到那棵树，也在叫，不算欢畅，嘟噜噜 —— 唧，嘟噜噜 —— 唧。时断时续。

真的是凉意弥漫了。

院子里已经残破。后院的一些植物已经枯萎，我们栽种的辣椒，前些天就发现它趴在地上了。落了叶的枝干静静地挂着红。秋，没有喧嚣。即使一片叶子，呈现的都是辽阔！

忽然就想到《醒来》里的一句："当欢场变成荒台，当新欢笑着旧爱，当记忆飘落尘埃，当一切是不可得空白。"—— 没来由的冷落和没情绪。

想到很多很多年前的一个中秋。那时，十一二岁吧，鲜嫩年纪，还不懂人间味道。

夜凉如水。

我独自站在院里望月，中秋之夜，天地之间最美是好月光。月边有白云。黑黢黢的树影。寂静的院落。同事都在房间看中秋晚会。唯我在举头望月。夜晚真静，整个村子一点声息都没有似的。除了月光，还是月光！

月光在流。我和我们周围都被洗得清、净。夜虫的吟唱也清亮亮干净。

月光是凉的。静静流过树，屋顶，草和墙外物什，仿佛也是一点声息都无。其实，月光一直是凉的。

一种宁静的凉。

肆拾伍

1

昨日，我在文字里说了小院的热闹，乌鲁木齐的朋友问，你真的能看到咕咕鸟？真羡慕你！我们住在边城，这种鸟儿在城里真的难觅踪迹了。我倾听过摧枯拉朽的嘶鸣，不过，那是小时候的事儿了。当年，我常去老家的西涧，我们村里的稻田都在那儿，稻子刚割，湿漉漉的稻茬凌乱的草梢还挂着水珠。那正是我们去逮鸟雀的好时机。进了田地，得把脚步放轻，慢慢地移动仔细地搜寻"咕咕"的声音。这声音有的远去，有的又由远而近，感觉就近在眼前。突然间，就看见不远处一只灰斑的鸟儿，样子有点像鸽子，但显然没有鸽子大，我发现它的同时，它也正歪着一颗小脑袋斜瞄着我，而它的左右也有同伴在活动。似乎对我保持这一种警惕，另外两三只从它身边走过，脚是红色的，腿比鸽子壮实，公鸡似的觅食，在地上啄几下，会把头抬起来四下里张望一下。过了一会儿，扑棱一下飞向远方。那身影就是乐章，翅膀就是乐手，空气成了琴弦，"咕咕"就是大自然流动的音乐了。

的确，2016年对我来说就是一种幸运，居然会在喀什的曲云其村，能如此近距离看到40多年前那个熟悉的身影，还能如此频繁地听到那富有山水灵气的声音。它们生活在曲云其，看着维吾尔族农民兄弟辛勤的耕作，莫不是在为他们喝彩吗？这样的喝彩悦耳动听，成了村庄最美妙的风景！

2

小说是描述状态。

散文是抒发心态。

如果依上两条，我写的这些文字什么都不是。我想说，不是也罢，我的文字我做主，我的文字记录我的心境 —— 我所看到的、我所经历了的这一年"访惠聚"的全部历程。

心境是什么？

我大概给自己明确了几条底线。其一，文字必须真诚，真实、质朴，不花里胡哨；其二，心境也罢、心态也罢，不掩饰，不做作，不卖弄；其三，亦如柯灵老师所言："喧闹如山野之闲花，明镜如寒潭之秋水。"也就是不讲究技巧，它属于精神品格之凝练之升华。

我的文字是不是散文我不想；

我的心境和心态都从我心里滋生；

我写文字不需要功名利禄；

我的文字仅需愉悦我的精神；

我不无聊我不虚伪但就是一根筋儿绷到底。

诸位，上述几条都是言我心声，不针对任何浏览我文字的人。

这是怎样的一种文字呢？我就是要它明了，要它直截了当，至于它是怎样一种文体都无所谓。

想想，从20世纪80年代初始，至今我的习作已经达到了数以百万字计。短篇、中篇、长篇；纪实、纯文学、报告文学、影视文学皆无不涉猎。而今，将它们粗览一遍，竟发现有质地者甚微。

或许，也有甚微的进步，那也仅仅算作文字而已。文字不仅仅是语

言，语言也不光是心境的载体，怎么说得明确呢？我始终认为，语言是心境的混合物。

我常听到诗人朋友给我说，如今写诗的人要比看诗的人多，我在想，那又有什么？只能说明你的状态很好，你还有激情，有很大的进步空间。而我，早年也写过一小段时间的诗，也得过大奖，但终架不住俗人的局限，一入而立之年就激情陡减，写诗毕竟不同于打铁的铁匠或箍桶的木匠，有一门手艺便能终生糊口，一旦不写，脑子都锈死了，迸发不出诗星火花。这样的状态，怎能写诗呢？江郎诗尽，不如学会欣赏诗人的大作。

不写诗，但常写些心里想说的话，觉得这也是自娱自乐的最佳方式。我始终认为，人除了工作、吃饭、睡觉，或者说是饱食终日，那不叫生活，起码，这样的生活没滋味。以我陋见，人要活得有滋味，除了果腹之需，更需精神上的愉悦，也就是说生活的情趣。当然，说到情趣，大家各有各的追求，比如广场舞，这是现今中老年人热衷的一种情趣，每晚，无论城市或乡村，灯光娱乐广场，许多人在那里跳舞，也有许多人看人家跳舞，那些舞者，跳着慢和快不一样的曲子，多半都是女人，老中青都有，随着音乐翩翩起舞，脸上个个带笑，很整齐，很优美。灯光把她们的影子铺在水泥地上，弯腰，伸手，踢腿。大俗大雅，舞中自悦，表达的也是一种情趣。摆动了四肢，交流了感情，愉悦了心情，其实是现代人的精神需求。

我现居曲云其村，参加"访惠聚"活动，生活在一种自然的原汁原味中，像这样的生活，就是一种阅读。阅读自然，乡村也许略显朴实，但希望自己可以在这儿能读出一种奇崛，一种力度。仿佛可以读到冰心先生的《小品二章》，我来曲云其也不过半年时间，我已经感受到它的某种动人的力量，分明透纸背儿拽人心。全无人为地气势张扬，凭的是内在情思的一种积淀，令人心向往之。

人生不是诗，不能每时每刻都处在亢奋中；人生也不是小说，不一定非要那么好看的故事发生。人生需要不疾不徐地漫步，漫步在四季的风景，用自己的双目阅读村庄，这也是人的一种世界观和人生观。现在，我终于掂到了它的分量，当然仍需要我在这儿修炼。好在，我在曲云其还有的是时间。

3

曲云其是一个很美的地方，我说的美，不是指风景。我说它美，而是欣赏它是一个很宁静的乡村，这种宁静让人陶醉，令人向往。信不信由你，曲云其的宁静甚或让人能听到昆虫、鸟儿的声音。在曲云其，能欣赏到春夏秋冬的绝美景致，有着看不够的风轻云淡，闲适散漫的生活气息，听不够的鸡啼狗吠，夜雨蛙声，蝉鸣虫唱，一切都是那么的纯粹，一切都是那么的质朴，一切都是那么的明净。

我出生在陕南商洛山区农村，在那里生活了十七八年，而我与乡村的关系要比别人想象的更为深刻一些，以至于到现在内心深处，依然珍藏着深厚的乡村情结，来到曲云其村后，总会在晚饭后去乡村公路上散步，去看一字排开的村庄，尤其是在阳光较好的周日，我的心情会和阳光一样欢愉。站在村边，就能拉近我与故乡的距离，每当我与村里的房屋、树、羊群等等人或物的对视中，就会滋生出一种深远的遐想。而这一切皆缘于乡村世界给我留下的烙印！

乡村真美啊！

人行走在曲云其，满目都是迷人的绿——绿的草、绿的树、绿的水、绿的庄稼。在曲云其，我很少听到有人谈论生态保护的话题，大约如此，路边渠边村边的那些野草野花都在悠闲地长着。曲云其的天空很净很蓝，村里的男人和女人都在忙忙碌碌。整个村庄除了肉孜节、古尔邦节能看到青年人，平日里能看到的基本上都是女人和老年人，年轻人现在眼界

高了，看得远，都愿意走出曲云其，有的到了内地，有的到了乌鲁木齐和喀什，整个村庄到处显示出寂静。

曲云其没有城市的喧嚣，如果你到田野里走走，放眼远眺，昆仑山巍峨挺立，路边主干渠潺潺流水，灵气而富有神韵，简直就是一幅自然天成的油墨画。

乡村宁静的晚上，没有吵闹与杂音，每天都可以美美地睡个好觉，做个美梦，根本不用担心谁来打扰。当清晨第一缕阳光从窗户照到床边，公鸡就会用激扬的声音一遍遍歌唱，慢慢地睁开睡眼惺忪的眼睛，伸个懒腰，打个哈欠，呼吸新鲜空气，想想都会觉得超爽。

肆拾陆

曲云其的清晨。

准确地讲，我是被鸟从窗外唤醒的，鸟不睡懒觉，但凡天有点亮，它们就醒来了，很调皮地趴在贴近我窗子那枝树梢，窥视我，叽叽喳喳，很执着地、直到把我叫醒。

现在，我已经站在曲云其的乡村公路上。接着有一个人出现，有一两个骑电动车的，有赶着羊群的男人或女人，有背着书包上学的孩子，有人推开门露了下面又进去换了件衣服再出来，我知道，现在要出现任何一个活动物体都不足以为奇。

没有移动，只有道路两旁的民居，还有每隔一段距离的电线杆子，它们忠于职守，永远保持着彼此之间的距离。乡村道路早被硬化了，艾不拉江支书专门给我讲过这条路上曾经的艰辛，一条虚土的路，人走人愁；后来，政府花钱不仅把它拓宽了，而且硬化了，人走，牲畜也走，自行车走，电动车走，拖拉机或大小车辆都可以来来往往，成了曲云其村一条社会主义的康庄大道。当然，也是我经历最早的一个清晨。除了我，什么都是凝固的。不，此刻有风自远方而来，弄得头顶上的杨树柳树榆树槐树风骚地扭动起来，特别是杨树上的万朵叶片哗啦啦地鼓掌。莫非向我表达某种情绪吗？我低头沉思，却见路边的小草也在频频地向我点头。到底是秋天了，风虽微，却能让骨头发凉。似乎不知道该做什么了，似乎需要出现点什么让它来给人世间定位。

我在曲云其的天空下行走。

我敢说谁也躲不掉当头那一团白色的爆炸物。云彩实在是太茂密了，太盛大了。大团大团的云彩，使天空变得比实际大了若干倍。我们被它压缩在一片最小的平面上，也许就像我看地上的蚂蚁，而我们对云彩来说，也就像那些小蚂蚁的感受？笑……

一句颇有意义的话。

和一位诗人在"读与写吧"微群聊天儿，诗人口若悬河，每一句话都带着诗意，诗言滔滔，句句皆诗。他问我，您写诗么？我说我曾经写过诗，当然，后来又不写了，不写的原因是江郎诗尽矣！

诗人当下哀叹了一声，表示遗憾。我呢？直言不讳，说：一个人不写诗照样活得很好！

这是我不假思索的脱口秀。

朋友愣怔了一下，回我：那该是活着的一个更高的境界呢！

我已与曲云其村融为一体。

除了语言，我已经和曲云其融为一体。我观察维吾尔族父老乡亲，他们也认可了我的这个说法。大家坐在一起的时候，都是那么的安静、坦然，站着的时刻，大家都站得稳当；走路的时刻，也都坚定而舒缓。

和萨依巴格乡所有村庄一样，我们的曲云其，也是一本没有打开的绿封面的书。木叶上栖息着风、鸟儿和往事。曲云其的房舍，像一枚枚苦涩的果子，布满时间的痕迹。青草围绕的村庄，庄稼，渠干，在村落里，像一面镜子，发出祥和、恬美的光芒。宽阔的乡村公路，像阵风吹进村庄，而后散开，吹向村庄，吹向庄稼，吹向曲云其的角角落落。

更多的时候，我是不会出去，而是待在我的屋子里。一想起我的静心斋，我总会想到很遥远——一些年代久远的事或物。它的安静有一种无法言说的美妙！

有一个名词叫思想者。

我没有沉浸，而是凝望。曲云其村的远天，一只展翅高飞的雄鹰在蓝天撰记——思想者是苦痛；思想者是代价；思想者是探索；思想者是创造；思想者使生命得以拓宽、升华。

伟大的思想者啊！

它是燃烧的火炬，是矫健的鹰隼，是生命的精粹，是时代的先驱。为了美好的明天，一往无前披荆斩棘！为了美好的明天，赴汤蹈火在所不惜。

应该说，造就万物生灵的大自然就是思想者！

创造精神财富与物质财富的人类是思想者；

奉献美的享受的人们自然可算作思想者。

思想者无疑是伟大的！

贾某心甘情愿做思想者的追随者。

我声明：在曲云其，我会将我的悲，融入思想者的行列里；将我的喜，融入思想者的脚步里；将我的心，融入思想者的灵魂里；将我的爱，也融入思想者的奉献里！

这是我在曲云其村得出的结论。

我说的这个结论，我猜想也许在千年之前就尽人皆知。人最不能抛弃的是自己的村庄。村庄在，就有自己的根。这让我想起了费孝通先生写的《乡土中国》，乡村是我们的精神家园。

我在曲云其是幸福的，尽管幸福感不会一直持续，但它却在我心中，显得弥足珍贵。

肆拾柒

有几个村民来我们院子，说是想拔些黄萝卜做抓饭，同事答应了，老乡喜欢，况黄萝卜长势蛮好，拔也无妨。还有前院的西红柿，也博得执勤村警的欢喜，夜里值班，他们就去地里摘了西红柿煮面，或者青椒炒蛋，很好吃！第二天来给组长说，工作组种的柿子别有味道。那柿子，没有正经名字。颜色特别，介乎黄红之间。样子不起眼，个头也不是很大。缀在秧上，玛瑙似的在叶下，不细心瞅，人不会发现它熟了。掰开来，瓤子起沙，酸甜适度，皮薄肉软，吃着爽口。

也许，只有在曲云其村，坐在篱笆边，或站到蔬菜跟前，才能吃到这么味正的果蔬。想到自己能在2016年来到曲云其，忽觉幸运非常。

秋天渐深，昼夜温差大，我们的柿子味道更好。早晨，菜地居然露水还在，伸手摘一个吃下，清凉甜爽，真是熨帖五脏六腑。

有时，也会去树上摘毛桃，就在树下吃。人泊在树影里。秋风从耳边过，丝丝凉。

那种红中泛黄的桃子，漂亮，肉质有些透明，托在手里看，像个宝贝。最好吃。甜不说，且一口咬下去，软绵，酸甜，清香。果肉和果核且容易分离。食之，惹人遐想。

桃子像公主，很娇贵。摘下一放，只隔一夜，它就收心收性，变得萎靡气馁，甚至，有了疤痕，味道就会大打折扣。如果还把它藏起来，颜色变成暗紫色，没了灵气。

后院的玉米熟了，想吃了，掰下几个烀上。

现在秋收的景象，已经丰满了我们的菜园。小艾和邓康处经常到菜园子去观察，只要去，就不会空手。顺手摘回三五个茄子辣椒，看着都笑了。玉米、番茄、丝瓜、黄瓜、瓠子、南瓜、黄萝卜、恰玛古等等；应有尽有。想吃什么，不费工夫，地地道道一锅农家香。还有早前张诚帮我们腌制的四川泡菜呢，味道绝对纯正。虽然在乡下生活，现在不需要架柴烧火了。用液化气，方便，扭下阀门，火苗舔着锅底，踏实安稳，随之火焰迸溅开来。

大白菜叶，葱，香菜，洗净。还有蘑菇，香菇，豆皮，粉条，清水里泡好，一碗新鲜大酱端上桌。喊来同事，吃火锅啊！那才真叫爽，几个人吃得不亦乐乎。吃得乡风浩荡，一桌子山野气。似乎只有这原汁原味，才不误此生肚肠。

忘了地里还有芹菜、韭菜、香菜、菠菜，新来的师傅隔三岔五去菜园，割一把芹菜，剁半个大头菜，加些粉条，橄榄菜，蒸素馅包子。我们真融入曲云其了，努尔队长不舍得有一点地闲着，角角落落，适合什么就栽什么菜。芹菜香气浓郁，茎叶又好看，对我这个"三高"患者更有食疗功效，而且，还不用操心它，我喜欢。

这半年，精神好，身体也觉得好很多，常食用自己动手种的原生态蔬菜，能不健康么？说到底，人生劈波斩浪也好，纵横万里也罢，最终不过三尺小床一只碗，且来坐下，好好吃一下 —— 不在乎是不是珍馐美味，只要大家喜欢。

曲云其村庄，秋渐浓，天亦高，幽幽蓝，心气爽！

肆拾捌

在曲云其，最多见的是麻雀。说不准一抬头，你就和它们照面了。扑棱棱，一群跟着一群，一棵树又一棵树地乱窜，它们趴在树上，总贼头贼脑，这也是招致我最初对它没有好感的主要原因。如果没有曾经的一次经历，恐怕今生也改变不了我对麻雀的偏见。

还在许多年前，同事孙某不知从何处捉来一只麻雀，让我给了儿子玩耍。我念其活泼，就买来鸟笼，将其投入笼中，不但如此，还给它买来小米、谷子，并带了儿子到乌鲁木齐和平渠边潮湿的地方为它捉来蚯蚓。岂知，我们父子的这一片苦心，麻雀全然不予理睬。它不说不笑不鸣不唱倒也罢了，问题是它竟以绝食来抗议，几天后便气绝身亡，让人感到不可思议。我曾请教过专家，向他叙述了这段经历，专家说麻雀心性大，它宁愿活在自由里，也不要仰人鼻息，听此一说，立马让我对麻雀肃然起敬了！想想麻雀，它不过是只鸟儿啊！为了自由，宁死也不要人类的恩惠。再看看人类，中国汉奸们的逻辑"有奶就是娘"，为此他们就可以不知廉耻地出卖灵魂。

这个秋天，身居曲云其，我有点喜欢在院子里站着听麻雀叽叽喳喳叫了。非但如此，且一听就是好大一会儿。听完，长舒一口气，笑微微，回屋。打开电脑，敲字。

隔墙，斯拉洪亲家的院子里有十余棵杨树，杨树紧挨着我们的院墙，又高又大。我估摸这些树应该也有些时间了，至少栽植了十年，它们枝叶蓬起来，就像旖旎的裙。傍晚，一群一群的麻雀躲进里面。甚至，还会有几只偷偷地越过院墙，钻进窗前的杏树里，和杏树里的麻雀偷情，甚至，把声音弄得蛮大。

无耻之徒！

有时，我会在心里暗暗地骂它们一句。也想过出去把它们赶走。它们也太肆无忌惮了！转瞬又想，此事不可违矣！鸟们与人类，都是地球上的朋友，人类要发展，难道非要它们绝迹？罢了！

它们对我毫不避讳，说明它们没有把我当敌人，尤其曲云其的傍晚，在静得像钵子里的水一样的村庄，麻雀放开歌喉。齐刷刷，一锅粥似的争鸣，给乡村大舞台增添了别样的热闹。

风飒飒地吹，暮色一点点涨，曲云其一点点沉没。西天霞光，胭脂一样红。我们的小院子，是一艘航船。

静谧的乡村，仿佛只这一片喧闹醒着，大刺蓬般，"嘭"一声刺破黄昏，撒着欢滚入里面，叽叽喳喳，不旁落。像暮色里白亮亮的一片帆。

麻雀实在算是能吵闹的鸟，可黄昏，没有这样的吵闹，一味安静，就有些许寡淡苦涩了，人世总要有一些声响的，要么是麻雀叫，要么是犬吠，要么就是孩子们欢叫。这样，是真安详踏实，是真人间。

再说，这些鸟不管不顾，大声吵，也实在率性。你想啊，凡事在乎得太多，失去自我，也是过了头。

小时候，常去林子里掏雀儿呢。觉得蛮好玩的，拿了手电筒，爬到树上用手电照鸟窝，雀儿被电筒的光线照得睁不开眼，只能束手被擒。

感谢雀儿，给了我快乐有趣的童年。乡村的一撮麦粒模样，也会美了我的世界，看一眼，就暖洋洋。过去的事，大多都美。像隔着一条江瞭望对岸青山。爱看的，是一两只麻雀忽然飞过屋脊不见。有点蝶入菜花的味道，余韵悠长。

麻雀栖在树枝上也好看。爪子全藏进肚皮下，身子紧团着，像长在树

上的毛球。有时起风，树枝一摇，树上的毛球跟着摇。风，就会掀起麻雀的羽毛，麻雀就一副凄惶的样子。

某天傍晚，和邓康处在院子打乒乓球，我正要发球时，忽然看见一只麻雀在近处一根晾衣服的铁丝上。它扭着小脑袋，瞪着圆眼睛，似在参观我和邓康处打球？我突发奇想，反正，那只麻雀的眼神亲近得不得了，从铁丝这头蹦到那头，那头蹦到这头，嘴巴时而啄着什么。或许，它以为，它和我们之间是无碍的。

就在我看得入神时，邓康处手机响了，声音蛮大，一首好听的音乐，那只鸟儿这才扑棱了一下飞到远处的树上，莫非怕邓康处说它？呵呵⋯⋯是我有些忘神了。到底，人与物间，人与人间，人与鸟儿间，看似近，实则远。间隔的距离，或许是千山万水，或许咫尺天涯。

倘若，我有一双翅膀，又会怎样？

肆拾玖

"才半年时间，你就把自己当作疏附人了？"

不久前，在乌鲁木齐休假，一位朋友和我小聚，那是我临要回喀什的头天晚上，我们在一起叙旧，按照朋友的说法，他是为我饯行。那晚，两个人的话，几乎都让我一个人说了，所说的内容全是我们疏附县我们萨依巴格乡我们曲云其村的人或事。朋友只是看着我笑，末了，就对我说了开头这句话。当然，朋友并没有责怪我的意思，而是觉得好奇罢了。

第二天中午，我准时登机，南航班机也准时在喀什机场落地，小艾也提前赶到机场了。

一路上，顾不上和小艾说话，只是打开车窗目不转睛地向外张望，望秋叶渐黄，看秋播泛青，月季依然花开，绿荫里的一处处村落驰过。像在看一幅大大的国画，无惊无喜，有的只是舒服和宁静。舒服和宁静里，也隐藏着一缕可见的急切的情，淡淡萦绕，归心似箭。来的那天，朋友说喀什这会儿不像乌鲁木齐，应该正是秋高气爽的好日子，这话还被他说对了。几乎是一夜过后，乌鲁木齐的气温明显要低于喀什。而整个南疆盆地正是一年最好的季节，不热也不冷，很宜人。

车到喀什，右行。前面街口，看到标示牌：环疆市场，小艾把车泊在停车场去办事，我正好下车看看，这个市场果然如人们所说，应该是喀什数一数二的，南疆广漠的土地上生长的所有物产，杏干、大枣、巴旦木、开心果等等，应有尽有，琳琅满目地展示在其中。

喀什市已经属于国家级特区城市了，山东和广东两省对口援建，已经让城市有了现代都市的气息，虽说街道还不宽，行人也不是多么拥挤，街旁店铺却风格独特，让人觉得很舒服。况且，人面上的笑都温和善良，有点像让人舒坦的初秋。不由得对这座渐渐时尚的边城生出一份信任。这里紧挨着中巴经济走廊，是"一带一路"的重要枢纽，战略地位愈来愈重要了。喀什的未来，对南疆各族人民来说都是值得期待的。其实，每座城，都有自己的面貌和性情吧。如与人投缘，会互相看着心里笑一笑，或者握一握手说，别来无恙。

再坐回车上，渐渐地，远远看到了广州商城，再往前行，看到疏附县城，穿过县城，很快就看到村落，也看到些农田。虽然车在运动中看不真切，但南疆的景物与江南似乎没太大区别。心里有一点点的温暖。甚至想，喀什的太阳照着，天地那才叫一个敞亮。

进村了，看到路边是房屋，是树，是花，是草，房顶上有鸽子笼。这才觉得到了该到的地方，安稳下来。人心里都有梦，无论对人、对物、对事，抵达了，就会世界及日月安详。

小艾真是个兼职好司机，除了车开得好，还是个细心的好小伙。至于怎么个好法？后面我会专门给大家介绍的，在此就不赘述了吧。

树木在路边，妩媚倾身，似乎要来牵人衣，故人般。树影或远，或近。

一段行程，这时已是夕照。村委会门口，一个小女孩如一只鸟儿，轻盈地飞在我前面。天真地发出咯咯的笑声，使人心生感动。

到了。拉开院门，尽头，草木影子里，大黄和土才都望着我，俄顷，土才一个欢跳，站到了它的屋顶，欢实地摇着尾巴，并朝我"汪"了一声，是跟我打招呼吗？

真想过去伸手抚一下它的脑袋，招呼一声，我回来了……

伍拾

昨晚用餐毕，邱建民一句话勾起了大家的话题。他说，时间真快，一下子就到了深秋，再过段时间得烧锅炉了。于是，大家都在言谈中，有了梳理过去的想法。

应是早春二月下旬来到喀什的，临从乌鲁木齐出发时，想到一年时间都会待在喀什，为了方便生活和工作，该带的或不该带的，都是打了偌大的行李包上路。像一尾鱼，逆着春天的方向，向南——目的地喀什疏附县萨依巴格乡曲云其村出发。听去年驻村的朋友回去讲，喀什日暖，距太阳近，所以夏日似火；又说，喀什在塔克拉玛干沙漠边缘，风来得勤，尤其是二到五月沙尘暴频，风能吹软人的骨头。最美的时候就是秋天了，不冷亦不热，如果每个日子里有阳光，它照在你的身上，就能让人眯起眼睛想睡，坐在树荫下望着湛蓝的天，白云悠悠，不想归去。

可多数时候，人算不如天算，事情往往出乎意料。

昨日，原本风和日丽，感觉得褪去外衣穿短袖，刚返回我们小院，突然大风起兮云飞扬，一见此状，就在房子待着，这么想着，身子才挨在床铺，就听院子里有人喊叫，说是前院要开会，让我带上相机去拍照。当下，一骨碌翻身下床快步出门，外面又是阳光灿烂，村民早已集中到会场了，支部书记已经站在那儿宣讲，麦克风咝咝啦啦地掺和在他的声音里，莫约半小时，又是黑云压顶，风也趁势刮来，凌厉得不亚于小刀子。把人脸刮得生痛，衣服和头发被吹得肆意飞。怎么形容呢？我就觉得那风，贼似的，不知从何处突然就出现了，得空就想从人怀里掏一把热气。如此这般，风在我们的前后院子里转了差不多个把小时，中间也许是转累了，稍稍休息了一会儿，大约是风王发现了它们在偷懒吧？于是又更猛烈地吹了起来，而且裹挟着雨，噼噼啪啪，路边那些不甚强壮的树被连根拔起了，公路上那些栅栏被推翻了，电线也被揪下来了。雨打在窗子上，雨敲杏树桃树苹果树，尚未成熟的苹果似乎被惊落了，雨落周遭。雨让曲云其显得空蒙，呼呼的从门缝渗入房间，让我想钻进被窝里。这场风雨一直到夜幕完全降临。等到了翌日天亮，邓康处指着后院锅炉房，屋顶早不知被大风带到何处。

由此联想，该不会是塔克拉玛干沙漠的朔风，是要给我们来个下马威吧？也或许是在提醒，季节的考验还在后面？心里说：来吧！我倒想领教领教南疆的寒冬。

还在最热的伏天，总想来时那位朋友的话，却没有感觉到夏日的"火"，中午小憩，还得搭着毛巾被。曲云其的夏，觉得除了伏天有那么几天的温度，几乎没怎么让人不适。一天，建平来，我去接他，进我房间觉得蛮好，又惊又喜，又是说笑。他说我跟他想象的有些距离，以为我会晒得像黑炭，以为我状态不会很好，我除了"三高"，还有一些零碎的毛病，年前他曾建议我给领导说说，身体不好能否不去？我说去南疆能和维吾尔族老乡住在一个村子里，对我来说是千载难逢之事。我怎么会眼睁睁地把这么好的机会放弃呢？

现在，他看到了我的精气神，服了。建平是我的一个忘年交，我们同一个属相，他正在把新疆三宝之一的昆仑雪菊向新疆以外的地方推销。也致力于本地特色作物走出去的工程，于新疆民众来说是一个令人称赞的事业。

人呢，说到底，有智慧的真不多。譬如雪菊，咱和田的宝贝啊！可惜没有保护地产属地的意识，反正资源共享，终有那么一天，雪菊突然被外界发现，市场价位已经比肩云南的普洱，于是各地都做这个事儿，有利可图啊！阿克苏种、乌鲁木齐种、奇台种，甚至连吐鲁番也种了，满街的推推车上都是雪菊，悲哀的是他们违背了雪菊生长的必要环境，只有在海拔接近3000米的地方，才能种出那种于人健康有利的宝贝来。一时，新疆遍地雪菊花，害得花农赔了人力和财力，弄得一个空欢喜！可是怪谁呢？这些地方只知道种了能来钱，却不明白这种做法已经违背了自然和客观规律，不明白握在手里的自主优势和幸福，而任意地任性或凭空想象，稍微一个不周全，就错失而逝。可谓地道的糊涂虫。不说也罢！

可喜的是，我很快就和曲云其融为一体，适应了村庄的生活。自己种地，侍弄菜园，可以做饭，做家务，去菜园子锄地、间苗、拔草、搭架，然后看着它们破土、出苗、经风、见雨、苗壮地成长了。

每天热依汗古丽做饭，我们去菜园子拔菜，西红柿、辣椒、洋葱和大葱那是必须的，反正园子里都是菜，无非多跑几趟腿，再扭几个茄子或摘一把豆角的事儿。拿回来再摘去不好或不适用的部分，只等热依汗古丽丁零当啷的锅碗瓢盆交响曲。末了，吱呀一声门响，师傅会站在过道高喊"塔马克也曼"，大家伙就会蜂拥而至，如果你想问师傅做什么好吃的？热依汗古丽一准儿会告诉你 —— 或坡咯（抓饭）、或朗曼（拉面）、或玛那塔（包子）、或卡瓦普（烤肉）。这些都是维吾尔族人（也不只维吾尔族人甚至是整个新疆）的饮食的种类。等你吃完了，要走了，热依汗古丽会笑对大家说"好西、好西"（再见之意）！

常见我的窗台、电脑桌、地上投射进一大捆阳光，明媚的、晶亮的，像一池塘水波光粼粼。还会有窗前杏树的影子也钻进来，在墙壁上婆娑。在阳光和树影里穿梭。扫地、拖地、抹桌子、敲电脑。我现在缺少耐力，敲上个把小时就得站起来转转，或者把一些零碎归置整齐。发呆的时候，会看窗外泼进来的光影，会猜想它们进来要干什么事？是想和我聊天儿吗？对不起！我可没有工夫和你闲聊呢。

　　最喜欢做的一件事，收拾房间，它是个人生活的空间，我喜欢把它弄成自己满意的样子。尽管住在乡下没人来看，也不需要装潢，简简单单，清洁明亮就好。除此，就是倒腾书柜，书柜虽然简陋，又是开放式，但我喜欢。人这一辈子，除了工作，其他，真没必要去迎合世俗。凡事尽量从心出发，做到让自己欢喜。

　　如果有人问：曲云其村最不缺的是啥玩意儿？

　　我敢说绝不是庄稼。

　　村里村外，到处都是沃土，处处都有农田。庄户人家，就在田间耕作，小麦玉米，还有五谷杂粮，农民群众真的是在土地上绣出了花，新疆粮棉连续数十年改写丰收的记录。当然，也不会是树木，植树造林，防风固沙，经过数十年的努力，便撰写了沙漠绿洲的神奇，和田大枣、若羌大枣、库尔勒香梨等等，南疆的林果业已经成为中国水果的名片。我的村庄曲云其，也属于南疆绿洲的一个点，我亦为它感到骄傲！

　　曲云其最不缺的究竟是什么？我把答案交给驻村工作队同事。小艾，艾不拉江脱口而出："草啊，草！"

　　本来想笑，没有笑出来。艾不拉江对草最有感觉。我们前后院的菜地，长得最快、来得最勤的不是菜，而是草。艾不拉江是菜的卫士，只要草来围剿蔬菜，小艾同志会叫上王骞，两个年轻人，会很仔细地把草一根一根清除出菜园地。也不只他俩，有时努尔一声令下，我们都去菜地。

　　不去不行啊！再不去，草就疯了。

　　草会疯成啥样儿？

　　我常去村边散步，路边、渠边、林带、庄稼地边，每抬一次脚，一屈一伸间，会感觉草又长高了一截。它们明摆着是在比着我的腿脚疯长。

　　它们疯了。

　　夏夜里，我能听见那些草，一棵棵喊着号子，草窠里游荡着不知名的虫子，竟会亮起嗓子，不要命地叫着，怂恿着草的疯长。

虫真聪明！我一直是这么看的。草长高对它们有好处啊！

最惊奇的是，草和虫还会合伙喊号子，草喊号子是受了风的蛊惑，那样一种嘶喊，有些狂野。

所以，我要感谢小艾和小王。

他俩将我们这个院里的菜园子收拾得整洁。菜地里的蔬菜也格外的齐整，红的辣椒、西红柿，绿的白菜、菠菜、芹菜，紫的茄子、紫甘蓝，不管哪一种色彩，都能招人喜爱。

最关键的是房前屋后的草，被他俩像剃胡子样刮得干干净净。鸟雀经常从空中一飞而过，看一眼，就知道这是个有着勃勃生气的院落，所以把巢筑在几棵树上，好随时能在地边顺便捡几粒苞谷吃。

这段时间，我和草也混熟了，竟能认得它们并且叫出谁谁谁的名字。譬如：黄蒿、狗尾巴草、竹节草、马叶兰、马齿苋、燕麦草等等。当然，也有我不认识的。稍早前，曾去阿不都伊布拉家，居然发现他家门前有几棵小高粱，竟昂着高高的头。鸽子笼门口也站了一棵。牛圈门口再站一棵。啥意思呢？我没有看出来。

多少年前，我在陕南看过成片的高粱。夏天中午，顶着筛子大的太阳，流了几斤汗？没法算。也薅过高粱田里的草，那时我和高粱是一搭的。高粱与草势不两立！稻场上的高粱，门口的高粱 —— 与草相好的高粱，我是第一次看到。

太滑稽了，庄稼和草，两个对立面的敌人，有时会结成战略联盟，摆出一副相安无事的样子。

我有时也想，草和人其实也有相似之处。在我离去商洛40余年的时光里，它们背着我，究竟说了啥？又做了些啥？我不清楚了，我曾想去那片田地里看看，没别的意思，就是想看看它们的生存现状，但最终还是放弃了，听村里人讲，那片地早已被政府征收了，荒芜了数年，现在已建成中医院。真是世事难料！

我得声明，绝对没有要去研究草的意思。

之前，有一位在草原工作站工作的朋友，她把自己写的一篇关于草的研究文章拿来给我看，让我帮她润色。那是一篇纯学术论文，我是门外汉，怎么润色啊？我对她说，我不懂草。让我给你看，就像狗看星星——一片明。她却笑说，我当然不是让你来研究草，而是请你帮我在遣词造句上把把关。她这么说了，我只得硬着头皮看下去。

老实说，那篇《草》让我晕头转向。以至于后来有一段时间我不敢看关于"草"的文字，我一见"草"字就犯晕。啥草不草的，倒是朋友，得益于那篇《草》后来评上了副高职称，之后顺利地去加拿大渥太华，并拿到了绿卡，和她的老公成了中国侨民。

我回忆着和草有关的记忆，小时候经常到山上给牛割草，还把我家的羊赶到南坡让它们在坡上吃草。后来参军，也在南疆轮台草湖捕捉过草鱼，泅过禾木村的草场，来到图鲁瓦人的灶前，看牧民用干草烧马奶子酒。

那会儿只是痴痴傻傻地看她们把干草和树根一把把送进灶洞里，干草便在灶洞里噼噼啪啪地响，有个图鲁瓦男人过来和我说话，我听不懂他说的啥意思，他就着急地用手比画，比画我也不懂啊！向导就来给我翻译，他是个蒙古族小伙子，其实，图鲁瓦人也是蒙古族的一支，语言上没有太大的不同。当然，通过他，我知道了图鲁瓦男人是在给我显摆，意思是这土灶是他亲自动手砌的。

下面是他的原话。

——春天的早上，我给父亲说老灶火不旺盛，烟熏火燎，呛得人流眼泪。我清楚父亲一直将就着。他有更多的事情要做。那些事一件赶着一件地追着他，他躲不过。他没有装，我亲眼看到他从来没有闲下来过。他甚至没有闲超过要砌一个灶台的工夫。

纯粹是我的自作主张。

春节之前，我觉得我不能再等了。有些东西是不能够等的，得抓紧行动。为了验证我是否可以替代父亲，我郑重地在那儿砌的第一块砖头下压上了纸条。纸条上肯定是写了字，写的啥内容？肯定会有人想知道这个。

你会吗？我是说，从这块砖头放到那地方的一刻，它就代表了我已长大，就从今天开始砌灶始，一定要改变大家的看法，我要对大家说的是，我在那张纸条上还附了日期。瞧，多么真切的一张纸条。父亲收早工回来，还有几个哥哥，看到了眼前的一幕，他们以他们认可的方式，对这个新砌的灶台表示肯定，如此一来，顺理成章地成就了我的成长梦想。

这个春天，正是我长大的记录。

就这样，灶台砌好了，夯得紧实。

得到父亲赞许，我的心情像夏花一样，在我的心里，乐滋滋地盛开起来。

……

听着图鲁瓦人叙述灶台与成长的故事，想着眼下我的乡村生活，我不敢胡言乱语。我脑子里还在想着曲云其村里的草，它们真的有时总那么冲动，比如在春天的时候，它似乎无法忍受向上长的念头。这念想似乎一冒头就不管不顾了，一下子钻出了地面，但常常总被我们的脚无意识地踩蹦，一次次踩踏。

其实，最初它忍气吞声，并克制着冲动。之后，有些凌乱，包括它会产生些许胡乱的想法。直到青苔也长出来了，像泼过去的一大瓢绿色的水，顺地皮漫过去，绿了整个田野。

草啊，草！我们完全可以把它想象成一首现代诗。

拔草拔得累了，就停下来摘柿子吃。大太阳毒辣辣照着，汗珠子滴答滴答，口渴呀。要不，站到阴凉里吹吹风。

出世的心，咱入世地活。想想乡下的日子，其实也蛮滋润，不然，日子无声无息，一潭死水似的不说，还把自己活成一个毫无趣味的人，那才叫乏味。

这么来看，多少也可以算作一种收获罢！

非常钦佩维吾尔族老乡对花事上心。最初不解，再细想，这也是好事！

依老乡的意思，庄稼地里如有花儿，庄稼就会快乐地成长。我把它上升到一种理论——庄稼快乐丰产法。之后，我们自己前后院种的菜地，除了木槿花，还有了月季和格桑花、迎春花儿。老乡是怎么说的？他们说，这个样子嘛！亚克西。

种菜也是一门艺术，挖地，平地，打更，施肥，下种，浇水。相当于布局、泼墨，然后，看它们长。欣赏自己的杰作。过不了多久，豇豆就长出蔓，搭好架子它就乘势而上，然后一根根垂下来，掐了后还会接着长，若想制止它，只好把尖掐断。在窗台置一株绿萝，也会拖拖挂挂，长啊长啊，也欢实得及地。吸毒草剪过，能发达成壮阔，碧绿的，蓬蓬勃勃地垂着，虽说只是个绿，但嫩嫩的绿，颇能养眼。现在，我们满院皆绿，也有月季的红，且红得像个忍不住的笑容。月月都按时绽放开。以前不是多么喜欢，如今我居然喜欢上了这花。

最开心的是有时间看书了，之前，书买了很多，都摆在书架，不是不喜欢看，而是没时间看。再说，身居都市，紧张的生活节奏，多少会心生浮躁，哪能静静地读上一两本书呢？现在，重新再捧上喜欢的小说或散文，心里那个欢畅，真是难以言喻。

以前在校园，曾看见人一摞一摞地读书，很是敬佩，毕竟是一种精神享受。过去在军中做文字编辑，也强迫自己去图书馆借书看，渐渐有了书瘾。再说，我也没办法不生瘾啊！中国语言文字的博大精深，不能不使我为其废寝忘食。倘若哪天真的没有书看，我就会觉得少了什么似的，真担心就会出现像蒋子龙先生说的那样"精神失去了阳光，思想无法传播，知识不能保存，语言失去意义，人们的生活残缺不全，生命将变得无法忍受⋯⋯"，如是这样，那可就惨了。我看书没有什么目的，不存在功利问题，一如陶渊明，只要是我认为的好书，就"不求甚解，每有会意，便欣然忘食"。仅此而已。至于书中有否"颜如玉""黄金屋"，我是不在乎的。想都不会去想，那有什么意思呢？

董桥说："人对书真会有感情，跟男人和女人的关系有点像。字典之类的参考书是妻子，常在身边为宜，但是翻了一辈子未必可以烂熟。诗词小说只当是可以迷人的艳遇，事后追忆起来总是甜的。又长又深的学术著作是中年女人，非打点十二分精神不足以深解；有的当然还有点风韵，最要命的是后头还有一大串注文不肯罢休！至于政治评论、时事杂文等集子都是现买现卖，不外是青楼的女子，亲热一下子也就完了。明天再看就不是那么回事了。"这真是"领异标新"的比喻。

对我而言，毕竟不像过去了，就我来说，一本书，不上心的话，翻很多天翻不完，有的甚至翻到某一页就再不翻。

不爱勉强自己，随心随性。觉得读书不涉及肚皮生死，不想拼命就不拼命。人生这条路上，我让自己像个撒缰而行的骑者，想看花看花，想吹风吹风。发呆，闲看，做白日梦。

还喜欢文字么？当然喜欢。而且，我知道，喜欢得比以往还要厚实，在心底很深切的地方喜欢着。很多时候，抚摸着这喜欢，就像摸到我的一部分生命。

似乎眼珠子晶亮了一些，开始闲不住，心里有了个目标，这应感谢孙瑾，从此就像个衣襟掖到腰里的捕快，走村入户，在庄稼人庄稼地庄稼户里转悠得多了，这瞅瞅那望望。瞅瞅望望之余，心里有了太多的感慨。就觉得人来这世上，所有的遇见和途经都有因由，所以要感激驻村生活，感激曲云其父老乡亲。

一条渠水，流淌在曲云其村边，它有着很多的出口。有水，就能融会贯通。过去有一种比喻，把老百姓比作水，我们来到曲云其村，实际上是要把自己置身这样的河流里。让自己成为一尾鱼，鱼儿得水，才可以自由自在。

　　总的来说，至目前，大家都平安无事，微风吹拂。最值得一提的事，这一年下来，人是开阔了许多，感触也可谓良多。我相信，属于我们的日子会越来越好，收获也会愈来愈多。

伍拾壹

生命之氧

人说南疆风沙大，这是事实，不容置疑的自然环境就是如此。但除了这些，南疆也有纯净的空气，如果没有这些，喀什数以百万计的维吾尔族、汉族、塔吉克族、蒙古族、哈萨克族、东乡族等民族为何祖祖辈辈在这儿繁衍生息？这也是不争的事实。在喀什一家毫不起眼的小书店里，我翻到一本描述印第安人历史的书，在扉页上读到这么一段话："什么都可被掠夺，唯有空气除外。"

想想，也是。

人从呱呱坠地的第一声啼哭到离世前呼出的最后一口气（又称咽气），人的一生无非在追求形形色色的身体之外的物质。待到卸下了一件件外衣，变成赤条条一个，方会悟到，无形无色的空气，才是万物生存的第一要素。失去了自由的空气，你纵有万贯家产，一切都是枉然！

生命出现的先决条件是含氧的空气和温暖的阳光，若天地一片混沌，若大地尚处于冰河期，生命的种子岂不早已冻死在胚胎中？

有朋友问我，你在曲云其生活得习惯吗？我会脱口而出，太习惯了，最大的感受——我在这儿不用呼吸城市里的工业废气、车流滚滚的尾气。换言之，我能在这儿呼吸到纯净的极富空气负离子的空气，以及乡村里那种泥土、青草的芳香。大方无隅，大音希声，大象无形，即便是世界最美的交响乐，怎比得上震颤天地的天籁之声？包容万千的大气，抓不着，摸不到，无边无形，真是人生的至大！

当然，我只能在曲云其生活一年，至多也只能算是曲云其的一个匆匆过客，但引以为豪的是，在喀什这个小小的村庄，呼吸着能触动灵魂的空气，血脉似乎也搏动得如此欢畅。我也惊异于祖先和今人为保护这一片土地，以及这块土地上的每一块草地每一棵树每一丛绿荫所付出的一切。每日，我是怀着那样激动的心情顶着飘浮在村庄上的绿云，在绿树摆动着村庄最美舞姿的迎来送往中，由彼处汩汩生发出的新鲜氧气，那才醉我心扉，使我忘忧，使我愈加喜欢曲云其这个维吾尔族村庄。

曲云其是好客的，它以开放的姿态迎接四面八方的旅者。这儿不会对朋友设防，也不用你花钱买门票，村里村外，家家户户，绿树成荫，绿草如茵，红的粉的紫的黄的白的花朵，都会在路边地边向你张开笑脸，来的都是客呀，清新的空气随你呼吸。你若有闲情逸致，不妨在路边丛林里和松鼠对话。小机灵拖着长尾巴来到你面前，褐色的圆眼睛忽闪地望着你。如果，你扔给它一粒葡萄，它会捧在爪子里，滚来滚去，看个够；当它发现并不是期待中的坚果时，它会丢弃掉，并迅速跑到别处。松鼠、野兔、家禽、牛羊，常自由地在乡村道路上旁若无人地穿越或溜达。在曲云其，它们彼此都拥有自由的空间。

自由流动的空气，给了万物以生命。无形无影的空气，是大自然赐予人类的共同财富。

流水如歌

曲云其不靠山，只能与喀喇昆仑山遥相张望。但却傍水，傍着昆仑山的雪水，流进了村民给它修的渠里，水声淙淙，叶簇荫翳，灵动着一幅清纯静美的淡墨小品。

想说的是，曲云其没有河流，但却流动着高山流水。而且是从上古流到了此时此刻。渠水哗哗，如歌，像是在歌唱，这样一种歌唱实则是在传承，传承我们民族的历史。

人是在一个又一个等待中前行的，姜太公钓鱼愿者上钩，是一种等待；柳宗元独钓寒江雪，是为钓到一种期待的心情——这便是宁静。

其实，我们无须在意河流或渠水。水，只是水；说到底，它就是一种液体。

有人说：热成气的不是水，冻成冰的也不是水。

有人问：不是水，那还能是什么呢？

答案是：热成气的不是水，那是水的灵魂；冻成冰的不是水，那是水的尸骨。

水到底是什么呢？答案是有的。水就是人的另一面，是人的又一个比喻。

现在，我顺着一条流水的渠在行进，我觉得自己是为了寻找一个纯美的灵魂而来；或者说是为了参悟一个美妙的禅机而来。望着一渠欢腾的昆仑雪水，我联想：如果我们每一个"访惠聚"工作组成员，都能够像滴水一样汇集成一条大河，又何愁不能浩浩荡荡，一泻千里？

清幽的乡村道路，我和维吾尔族同胞的影子印在一起，上古的，历史的，光影叠加，血脉相通，从来都没有一刻地停滞。歌从上古来，未来属于我们以及我们的一代代后人，如水，不舍昼夜。

蛙不作声

蛙不作声，这让我多少有些诧异。曾经听过乡村稻田里的蛙声鸣唱，但这儿的蛙却默不作声。

问村民吐尔逊，才知道这种蛙不是水田里那种青蛙，类似金蟾，却长

不大。除了扑食蚊虫与青蛙相同，属于默不作声的蛙类。

蛙不作声，这多少让我觉得有些许遗憾。回想年少时，在村庄漫长的雨季，青蛙以它独特的语言，在无际的暗夜里肆无忌惮，"呱呱呱"着，竞相对歌。乡间，清晨外出，田间地头，随处可见青蛙翻着白肚的尸体，究其原因，原来是被其他异类——咬死了、踩死了，但蛙们依旧生生不息。大约如此，我们的先祖对它们多有欣赏的诗句：稻花香里说丰年，听取蛙声一片。

曲云其村的蛙不是青蛙，它们只是在夜幕降临时才活跃起来，我和邓康处在傍晚打乒乓球的时候，看到它们在灯光下，在我们眼前不停地跳跃，有天晚上脚底下冷不丁踩到一个柔软的东西，发现异样，赶紧抬脚，发现那厮已经奄奄一息，弄得我心里不是滋味儿。就有些抱怨它，咋就不叫一声呢？好在，时间只过去了几分钟，那只蛙竟然跃进菜地里了。似死里逃生，逃之夭夭。其实，我压根儿就没打算要了它的卿卿性命，它被我踩到，完全是一次意外。

曲云其的蛙，只选择沉默。默默无闻地为村民抓捕庄稼地里的害虫。

一只水鸟

见到那只水鸟，算得上我在曲云其的一次"艳遇"。

当时我刚从一户维吾尔族人家院子里出来，无意间发现眼前一棵幼树，至多两米高，主干也不甚粗，在那棵树上一根细细的枝条，一只翠色羽翼的小鸟，就那么站在柔韧的梢端，绿茸茸的细枝，翠色的鸟，就像长在树梢的一朵花儿。看我走近，哗啦一下，箭似的飞到水渠边上，警惕地左右摇晃它的小脑袋，稍做停留，又扑棱一下飞到另一棵树上，它的影子被铺到了地上，荡漾得变形。我之所以判断它是水鸟一族，是它刚才起飞时用翅扑开水汽，冲进水里，用铁紫的尖嘴，叼起了一细小的东西。肯定不会是鱼吧？或许是水中的生物。反正，为了自己的生存，鸟 —— 不管它是鹭鸟或水鸟，它必须活下去！

怎么会在这儿遇到一只水鸟呢？

我来曲云其七八个月了，还头一次看到这么漂亮的水鸟。鸟在水上或在树上，在我眼里都是极美的一幅画。

蝴蝶坠落

那只鸟从我视线里消失了，我却想到水渠边上看水里有否鱼类或其他生物类。我只想研究一下，水鸟能在这儿生存的理由。就在我蹲在那儿苦想时，一群蝴蝶飞舞在水流的微波之上，正自由组合着飞成各种无以名状的队形，有点像南飞的雁，突然间一阵风起，沙石俱下，蝶队大乱，乱中有蝶坠落水中，美丽的尸体如花瓣随水漂向远处。

我有些无奈，无法对它施救，眼睁睁看到它瞬间坠落。不由感叹，人在自然面前是多么的无能为力。这乡间田野的精灵，竟在一瞬间死得如此惨烈。

又想到此前某日。

在院子和努尔队长说话，一只菜粉蝶从眼前飞过。清楚地看到它那两只短翅膀拖着白刷刷的身子，有些蠢的样儿。这蝶可不是渠边所见的那种，属于蝶里的败类，它一来，就是祸害叶类蔬菜的，得看紧菜园里的白菜或者恰玛古。搞不好三两天后，这些叶菜上就会起虫。稍微不注意，或者怠慢，菜叶就会被它弄到惨不忍睹的地步。可恶的是，一旦被它盯上了，这种蝶就会死皮赖脸地一而再再而三地来骚扰。有时一只，有时数只，在菜地上空，扇着白翅膀，贼眉鼠眼，不怀好意地飞。

我总觉得，这蠢蝴蝶一多，就是秋天到，风该凉了。万物凉飕飕，人心也又凉又静。

当然，这类蝶应是昆虫界最丑的蝶吧！

好看的蝴蝶还是有的，除了渠边看到的那一群，黄的白的花的蝴蝶，在曲云其并不少见。有一种蝶叫小豹蛱蝶。翅膀修长，橙黄色里有黑斑点。张着翅膀在花上飞，经常会看见它们在晴空下飞过树枝，飞过菜园。真漂亮！

认识藤蔓

去村里走访，看到一种藤蔓从村民房顶垂挂而下，我以为它是葡萄树的藤蔓，就冒冒失失脱口而出，村警买买提说是爬山虎，还有人说是啤酒花。到底是什么植物呢？三个人，各执一词。

隔数日再次来到这家院里，这之前因为刚刚经历一场新雨，绿叶藤蔓，繁茂极了，纵横交错，层层叠叠，在阳光下舒展，在微风中摇摆，成了这家人的房屋刘海，清秀而又飘逸。

我说错了，它不是葡萄树的藤蔓，也不是爬山虎，更不是啤酒花。到底是什么呢？很简单，问一下主人就知道了。我却不想问了，知道不知道能如何？但有这藤蔓，给这家主人增添了生命的蓬勃。再说，这藤蔓又不是为名字而绿，而是自然之物的一种伟大！

树叶睡了

秋已深，天渐凉。处处都有落叶，枯槁憔悴，令人觉得萧然。但我不会为叶的飘落而感伤的，因为这是一种新陈代谢，属于植物生命的正常轮回。叶的飘落，是为了季节的变换。不像人，一旦叶似的飘落，就不会有第二次了。所以，我曾为落叶做过笔记。抄录在此，权作回味。

秋天

树上的叶子躺倒一地

橙黄紫红暗灰

华贵而又斑驳

每一片都印着一轮太阳

每一片都是一对情人

……

伍拾贰

从乌鲁木齐返回喀什，天天胸闷，心脏很难受，昨晚折腾了大半夜，翻来覆去，看手机时间已经凌晨五点多了。

天空灰蓝，并不亮堂，我以为天阴欲雨。强迫自己闭眼，心里只数一字，就这么眯瞪着眼，似睡非睡的样儿，突然就听见前院村委会的大喇叭播放着欢快的民族音乐。该起床了，说不准会有事儿喊我们出去。

二姐叮嘱过，在外面要有规律地生活，饥饱都是不科学的，会影响血糖升高或降低，这都不是好事儿。同时，心脏也会难受。但我常会忘记这些警告。昨夜，几个人突然想起熬小米粥，平时喝不上，加上太好喝了，没有管好自己的嘴。

人，总会这样，把别人的经验不怎么放在心上，或许是没有亲身经历，印象不深。所谓"吃一堑长一智"，没亲历，自然是不到黄河心不死，等到撞到了南墙，后悔晚矣！

九点多起来，到后院溜达一圈，看到那些植物上，浅金色的阳光水一样流淌。还有菜地边上几株的榆树，阴影倾斜在上面，大片的，妩媚的阴影，让阴影下的油白菜、恰玛古、韭菜的绿影更浓了。天地之间像尽是清水，透彻湿润，那么干净。突然有些后悔。唉！咋就平白无故地错失一个这么好的早晨？

曲云其的晨，如果不是院委会大喇叭欢唱，就会静得像一湖水，一丝涟漪都不会有的。

走了几圈，胸又闷，赶紧握拳捶打，大声地咳嗽，这是别人介绍的经验，人病了谁的话都听，试了几回，不知是否心理作用，还真管用，竟几下子血脉畅通了，这一段时间，有点害怕了，竭力小心着。不是说，小心没大错嘛。这话谁说的？好像是老祖宗传下来的。

行走到土才和大黄安居的小屋那儿，土才对我笑着邀宠。我站下看它一会，冲它笑，做鬼脸，也说话。但凡对它不屑，它就会生气冲我乱蹦跶，甚或气哼哼转圈圈，拴它的铁链子挣得哗啦啦响。它的耳朵也会表达失宠的情绪，向前，向后。当然，表达的都是温和的情绪。我若能给它带点吃的，又是另外一种骚情劲儿，在我面前表露无遗。

甫说，狗跟人一样，也是有脾性的。爽快的，腼腆的，急躁的，不温不火的，等等。总之，狗与狗，各有脾性，各不相同。就说土才，年轻，爱耍，我一到它跟前，它就死磨硬缠非要我和它玩上一会儿。我说，土才，你给我站起来跳个舞，它立马就会把两个前蹄子抬起来，两条后腿直立并原地起跳，我给邓康处说这事儿，他还不信。怎么可能嘛？不信也罢！有天邓康处叫来小艾和王骞，说你现在让土才跳舞，我说声好，就走到土才门前喊它出来，土才一个激灵就从屋里蹦出来了。我说，听话啊！给你几个叔叔跳舞，在我的指挥下，土才格外卖力地跳了好几分钟。大家都觉得土才蛮有趣呢！

大黄有多大年龄？我不清楚，也没问过，但明显觉得它比土才老成多了，明显比土才沉稳。每次我去，本来它跟土才玩得开心，一见我，就赶紧耷拉着脑袋钻到它的房子里了，任我怎么喊叫，它就是躲在自己的屋里不出来，气得我无计可施，有时，我装作要用石头砸它，它斜着眼睛警惕地看着，然后把身体往深处挪移一下。

大黄对土才倒是表现出大对小的关爱。它不跟土才抢食，这一点土才就不一样了，给它们放食物的时候，土才会多吃多占，尤其是放肉骨头，土才先叼一个给自己藏起来，然后再过来和大黄一起吃。大黄呢，也不和它计较。

有天，我在敲字，突然听到土才歇斯底里地叫唤，声音是那种凄惨的叫声，小艾跑得快，过去一看，是大黄把土才的左后腿咬了，而且伤势严重。

咋回事儿？我问。

小艾说，土才想对大黄耍流氓呢，但它在对大黄实施性侵时，大黄猛地反攻，土才正兴起呢，哪顾得躲闪啊！

这事儿不能怪大黄，我生气地说，活该！谁叫它那么骚情呢？

出了这档子事，我给努尔队长建议，我说土才正是青春期，生理有变化，咱索性再去抱个母狗来，解决土才的性事。省得再次发生诸如此类的事儿。努尔态度坚决，说这事儿是万万不可以的，有了母狗，就会一窝又一窝地抱狗崽。生下狗崽给谁来养？我们自然是不能要的，有土才和大黄足够了。送人吗？这儿是没有人家要的，难不成要制造一大群流浪狗？

我得承认努尔言之有理。

数日后，我到后院溜达，忽然发现，大黄竟主动将自己的屁股给土才，这是色诱啊！呸呸呸，好你个大黄竟如此不知廉耻，它明知道土才涉世不深，竟然暗中使坏，让土才上当。

再瞧土才，居然扑将上去，大黄便回头来咬土才，见此，我当下怒从心头起，恶向胆边生，顺手拿了根树枝对这两个不知廉耻的家伙一顿抽打。

晚饭的时候，气已经消了，可大伙儿笑我管得太宽，我说你们啊竟不懂得狗也有生理需要呢！咱队长又不同意我的建议，活生生阉割了大黄和土才的正常生活，让它俩跟太监似的，难道不是狗的悲哀？

可悲可叹！

告别曲云其村的那天，努尔队长开车送我等去喀什机场，大家鱼贯而出，我走到院门口又折返后院大黄与土才的住处，大黄冷漠地看着我，一副无所谓的表情，依旧钻进它的居室不再出来，但土才就不一样了，它似乎意识到与我们的分别可能也是永别，当下居然跳上它的屋顶，伸长了脖子使劲地哭喊。我对它说，土才你是舍不得我们走吗？那一瞬，我居然看见土才眼角有泪珠滴下，弄得我心里也酸酸的。心一硬，头也不回地迅速离开，不再看它。

2017年8月某个日子，我在退休前最后一次去曲云其村看望买合苏木，一来我要了却一个心愿，叮嘱买合苏木的两个克孜巴郎的学习事宜，二来是想看看土才。早前听小艾说土才被买合苏木领回去了，这多少让我感到欣慰，心想：有买合苏木，土才应该不会受苦。在曲云其，除了我们工作队队员和土才、大黄它们朝夕相处，买合苏木和土才也算是老"朋友"了。

临从乌鲁木齐出发前，我给买合苏木家买了一条毛毯，给买合苏木买了一件蓝大褂，给买合苏木的夫人买了一双皮鞋，还有那两个姊妹花，总之，每人都有份。

去喀什的火车上，想土才的种种，居然一夜无眠，脑子里反反复复地想象着土才与我见面时会是怎样一种高兴劲儿？

那天，喀什戒严，去曲云其的路被封。我给驻曲云其村委会主任哈斯木打电话，让他开车去3村接我。哈斯木果然爽快，直接开车把我送到买合苏木家门口，铁将军把门，给买合苏木打电话，说是在村委会，哈斯木就给他说我来了，不到几分钟买合苏木就骑着拖斗电动车回来了。自然欢喜，把门打开，夫人和两个闺女原来都在家里。我问土才呢？买合苏木夫人眼圈一红就哭了。买合苏木告诉我，土才自从来到他们家就不吃不喝，请兽医来看，医生说是没病。买合苏木像是自言自语，没病咋拒绝吃喝？给它肉也不稀罕，没过几天土才就死了。不过，我心里明白，土才一定是因了和我们分别而伤心过度？

此为后话，不说也罢！

伍拾叁

恍惚间，忽觉床晃了几晃。莫非地震？一个愣怔就坐了起来，才知道是被梦惊醒了。接着，窗外一阵窸窸窣窣响。应该是阿依努尔在扫院子。

阿依努尔住在村委会隔壁，是村里的贫苦户，在与贫苦户结对子时，邓康处便被安排负责对她帮困，她家我们去过多次，第一次去的时候，给我印象深刻，破院、土房，屋门口用土坯垒的土炕，没有像样的铺盖，她家老人——一个年约七十的老太太就躺在上面，我们走进院子，老太太本想起来，努力了几下没有成功，努尔劝老人躺着别动。我们那次是去给她送温暖，提了袋面，拿了桶油，割了几斤羊肉，俩妇人感激落泪，对党千恩万谢。这一家真苦，老爷子不在了，老太太长期卧病在炕上，阿依努尔没有孩子，男人就丢下她走了，寡居多年，据说是要了个女儿已经出嫁，偏偏她养女的日子也是过得紧紧巴巴，谁也照顾不了谁。工作组为了照顾她，让她来院子打扫卫生，找个由头给她解决些经济来源。嗓子又紧又疼，费劲半天，一口痰出来。急忙翻身下床，看手机已经九点多了。拉开门，见王骞在院子溜达，有点瘸，问他怎么回事儿，说是腿上长了个疥疮，已经发炎。我叮嘱他大意不得，先赶紧把炎症消下去，连续去县医院打针，但效果不是很好，努尔决定把他送到喀什地区医院做手术。

驻村事儿烦琐，吃喝拉撒、鸡牛羊马、男女老少……每天必然费心，必然要把好多工作想到前面。譬如入户走访，譬如落实庭院经济项目，譬如去极端化宣传，譬如防恐演练，譬如解决农村妇女就近就业，譬如组织农民专业合作社，等等；不胜枚举，事情一个接着一个。当然，也有偶尔的闲暇，可以站在院子里两手抱着肩膀眼望着天，优哉游哉，一天很快就能过去。然而，觉得来此世间，总该尽量把手上的事做好。要不，心口那儿会堵着一块石头似的。

窗口那儿投进一方青白。那挂湖蓝窗帘，能把室内从外面的宽阔中切割出来，让人觉得所在的这片空间，是片漂浮的叶子，人不过叶上黏附的尘埃。有时，感觉就这样奇怪。

深秋的日子，透过这片青白，会感知窗外辽阔的清寒，感知那清寒像无尽的水，从高处汹涌地泼下来。此时，窗外，地上，草木上，一定都霜意森森。杏树和桑树的叶子开始零零散散飘落，之后如雪片般坠下，我知道它们是在告别，向树告别，也在和我告别，躺在地上，等风带它们去远方。未被带走的，有阿依努尔呢。她把它们塞在蛇皮袋子里，送到曲云其村某个地方。

土地也开始进入休息期，南疆这个季节少有雨雪，但一定是冻的，踩上去，突兀的生硬会自脚底生长，直达身体内部。接连几天，从银屏上看天气消息，不仅整个北疆地区，被乌拉尔冲进来的冷空气连续进袭，冷空气甚至还横扫华北、华东、华南，降温、降温、再降温！凡冷空气经过的地方，雨或雪跟进。喀什没有雨雪，但夜里气温已到零下。因寒气侵扰，月光也僵硬而瘦弱。

时日正由暮秋向冬天迈进。

伍拾肆

一连数日晚上，躺在床上就像烙饼子似的，翻来覆去，睡不着觉，那滋味真痛苦。昨晚，更甚。好不容易到凌晨五六点的样子，有了点睡意，就在被子里把自己放平整了，看看能否如意。

迷瞪一会儿，开始做梦，梦里居然自己问自己，睡着了吗？是不是在梦中呢？一个梦接着一个梦，梦跟梦也不一样，心和身体都跟着受累，似乎走了很远的路，走得疲惫至极，气喘吁吁。这会儿，满头大汗。最终，伸个懒腰，不得不挺身坐起。人仍拥在被子里，臃肿得像只大蚕蛹。

突然想起一句话，谁说的？忘了，但那句话我记得，说大多数时候，人活得更像一头驴，整天都是自觉不自觉地被鞭子赶着，走在自己的路上。想想，这貌似又没什么不好。笑！

努尔队长在我隔壁，王骞在我对门，他们开门或闭门，即便是跟门无关，朦胧的黑夜我也能分出是谁的脚步声。前天晚上，两人去锅炉房，正往出走，我一骨碌下床来开门，队长说："我们脚步这么轻都把你吵醒了？快去睡，我和王骞去看锅炉。"

别说室内，夏天夜里起风，杏树嘎吱嘎吱地响，像没睡醒的乌鸦叫声，僵硬而迷惑，我照样听得出来。

说起乌鸦，曲云其村还真不少，尤其晚秋，一早一晚，仍有很多乌鸦成群地飞，像灰云彩。它们边飞边叫，声音浸透凉意。

这种鸟就是个冤大头，谁见了都要朝它吐唾沫。

事实上呢？

相传喜鹊和乌鸦，原本是一母所生的一对孪生姐妹，它们一个叫喜鹊，一个叫巧鹊；巧鹊和喜鹊，这姐俩一样爱说爱笑，它们有着美丽的羽毛和清脆的歌喉，只是后来东汉皇帝刘秀落难村野，被王莽追杀得几乎无处藏身。一日，情急之下，就藏于犁沟，却没想到被趴在地边一株核桃树上的巧鹊发现了。这巧鹊还以为王莽追杀的是个盗贼呢，便对追兵大声高喊："刘秀刘秀蹲犁沟！"当下，真吓得刘秀失魂落魄，一身冷汗！当下他又急又气又怕，但又不敢吭声。心里就暗暗叫苦："天灭刘秀也！"或许，刘秀命不该绝，那天偏叫天宫巡逻的二郎神遇见了，二郎神便生出恻隐之心，施以法术遮住了巧鹊的喊声，成全了刘秀日后的东汉帝王梦。刘秀夺得江山后便大赦天下，唯独不能放过的就是巧鹊。他命军卒将巧鹊捉来，用大刑伺候，这还不算，又约法三章：其一，摘去巧鹊脖子上围的白丝锦绣围巾，让巧鹊丑陋得没人爱见；其二，给巧鹊改名"乌鸦"，让人听了恶心；其三，永世不得出声（这一条最歹毒了！）。那时巧鹊也想了，为了保全性命，就依了皇帝老儿这三条吧！反正"留得青山在，不怕没柴烧"。从此，乌鸦就等着东汉王朝的覆灭。谁知，这一等竟是195年！

东汉王朝终于灭亡了，可悲的乌鸦也因压抑已久不会说笑了。而唯能表达的，就是我们现在常听到的乌鸦那泣血滴泪般地"啊啊"声了。这话有些扯远，但每每看到乌鸦，心里都会不自觉地滋生出一种悲悯。当然是一个传说，但人世间又有多少类似于乌鸦这种被颠倒了的事儿发生？这情形，不容分说会钻入人的身体，似被马蜂蜇了一下，会有些疼痛，让人有凄惶感，会不由自主怔忡片刻。

罢了，就此打住。该开窗通气了，这些都是清晨起床后必须要做的一件事儿。

时间已到九点三十二分。

该洗漱了。并去厨房切姜块，再来些葱末，烧壶开水泡上杯姜茶。一

直体寒，近年来也一直坚持早起喝姜茶。不是讲究不讲究的问题，是人到了这个年龄，活明白了，懂得爱惜自己。人生长久，自己才可以陪伴自己始终。

　　干完该干的这些，不经意地扭头间，从窗子里，瞥到浅金色的阳光流水一样，已经越过树梢，流到我房间了，不用说，今天是个好日子。

伍拾伍

阳光很好。院子里,土才蹲在自己的门口,一直警惕地打量着院门。院门外,施工队在给寺管会盖宿舍。搅拌机轰隆隆鸣响,但丝毫影响不了土才对门外来往人员的判断。

外面,若有人走近院门,如是工作组成员,土才和大黄都会兴高采烈地跳跃,若是外人,这两个家伙就大声叫喊,声音瘆人,让来者心里充满恐惧。

那天,我们几个去邻居走访,突然发现邻居家院子多了一大堆玉米棒,泛着灿灿金色,喜人。拐角那儿,似乎也多出一垛豆秸,估计是主人才从地里拉回来的。当然,我们走村进户也不是一次两次了,访贫问苦,政策释义,技术指导,等等,一个也不落。大约如此,谁家有什么变化,我们都会有感知。整个曲云其村,一直面目和善,像个慈眉善目的老者。中午十三点四十六分,大家回到院子,邓康处说了一件有趣的事儿,他在宿舍用电脑敲字,厅"访惠聚"办需要有关材料,这都是邓康处负责的分内工作。

前面介绍过,邓康处是我们工作组负责信息方面的,他才思敏锐,能准确地判断哪些信息有指导性意义。驻村以来,已经给相关媒体传递准确信息并被刊用的有120多篇,上到新华社,下至当地有关部门,都有他的信息报道。又扯远了。还是回到话题。

大家坐在杏树下歇息的工夫,邓康处问,你们猜今天土才干啥了?我

一紧张就站起来问他，莫非土才又调皮了？我担心土才又干丢人现眼的事儿了。邓康处却忍不住自己先笑了。大家面面相觑，有些丈二和尚摸不着头脑。末了，等他不笑了，才知道原委。

邓康处不是敲字吗？

是，正敲得欢呢！

猛听见后院土才发出一声声嘶喊！邓康处停下来看，发现有个人影一晃而过，他的窗户正对后院，有人从后院子走了，没看清。倒是看到土才一个猛扑，拴它的铁链挣断了，邓康处赶紧尾随去看，那个人影已经出门了，还是没看清楚是谁，只见土才站在前院大门口面对外面汪汪汪地叫个不停。邓康处就把土才喊回来，再给它把铁链子拴上。回头看视频监控，调出刚才发生的现场，这下清楚了，原来是大队治保主任斯拉洪，斯拉洪是来我们院子找废弃的窗子，他是我们工作组的常客，经常配合我们工作，熟悉了，相对随便一些。问题来了，你进来就进来吧！偏偏他手里提了根大木棒，估计是怕土才和大黄吧？反正监控镜头里他有些躲躲闪闪的样子。你想啊，土才瞧见他手里攥着武器，显然是冲着它和大黄的，应是来者不善吧！再则，你进来鬼头鬼脑就给土才感官上应是"不良之徒"的判断。好在后院废弃的那扇窗子容易取走，要不然，我敢肯定斯拉洪真的就惨了！

院子里落满了树叶，大家歇息了稍许，一起打扫卫生。需要打扫的地方，不只是落叶，还有菜地里的杂草，又疯长起来了，敢与萝卜、大白菜比高，当然还有前后院子的旮旮旯旯，室内过道，储藏室，等等。这一套下来，整整用了几十分钟。人已是汗津津。

回到自己宿舍，第一件事是打电话给杜雪薇，他是中国图片社《丝路观察》杂志的执行主编，提供了两篇稿件，说是都已刊发，却几个月不见杂志。刊登是肯定了，已经收到了稿费，怎么就不见杂志的影子呢？当然，乌鲁木齐到喀什交通不便是个事实，常常日报成了旬刊或月刊，能理解。

晕！这家伙，手机无法接通。再打，话务员依然很程式化地回我：你所拨打的用户暂时无法接听。

罢了！然后到卫生间洗手，再次去那边和同事交流情况，并顺手洗好一个苹果。回到自己房间，上床，躺下歇着。膝盖以下腿肚子疼。但仍没忘打趣自己："这两条毛驴是不是有点强迫症呢？能否别这样欺负俺老贾好吗？"正所谓江山易改禀性难移。唉！

睡意蒙眬间，就听见努尔古丽喊大伙儿吃饭。努尔古丽是才来不久的厨师，之前给我们做饭的师傅也叫古丽，只不过是阿扎提古丽，一位棉麻公司的退休女工，40岁上下，没有任何征兆就不来了，小艾去问，原来她去县医院看病，大夫告诉她不能动凉水，说是妇科一类的毛病，反正我们也搞不清楚，阿扎提古丽不来了，帕里图就帮我们请来了努尔古丽。那天，帕里图领着努尔古丽一前一后进了院门，大家都在院子里，帕里图就和我们说笑，看看努尔古丽如何，不行的话再给工作队找个古丽？曲云其的古丽多得是！

倒是新来的努尔古丽是个干家务事的把式，虽说年龄要比阿扎提古丽大了些，但人利索，又讲卫生，能想着法子给大伙儿调剂生活，每周都有新花样儿，大家觉得很满意。

最热闹的时候是在餐厅，一边忙活着往碗里夹菜，一边天南海北地摆话。都是些没味道的话，什么希拉里胜选好，还是特朗普当选对中国有利？当然也会说南海，说安倍或蔡英文等等不着边际的话。

我话少，大多时候只是听。不想说话。

这一刻，惊觉岁月从来都温馨。有的人之所以爱抱怨，或是因为太苛求。或许，只要把心放平，所有都会平顺。

晚饭时间亦如此。

晚饭后，小艾通知要停水，回到宿舍，给两个塑料桶里放水。水对我们来说太珍贵了。工作组和自来水那边协商过，协商也没多大用处，南疆就是个缺水的地方。停水是正常现象，如果连续十几天没发生停水现象，反倒觉得有点惴惴不安，害怕哪一天突然停水了。若是停上一半天，那就成了大问题。前几天停水，整座房子都是臭的，没办法，只好锁紧卫生间，幸好，我们院子里有旱厕。有跟没有显然不一样，关键的时候，能救急。

伍拾陆

进入晚秋，回乌鲁木齐休假，只因宏伟、万记、安强三位仁弟的"想你了"这三个字，我决心去库尔勒看看几位亲如兄弟的乡党。

人和人，有一种感情超越了一切。再准确点，是说情感，不是亲情，胜似亲情。还有什么呢？网不好，一时有点卡，不能表达清楚。

时间贼快，春天匆匆地走了，夏天也急急忙忙地远去，人在喀什感觉不到气候有多大变化，但从南疆到乌鲁木齐，忽来风雨夹雪，一下子就让人懵了，脑门上被风刮得生疼。有些招架不住，或者说是无所适从。心想：怎么会这个样子呢？

上车的时刻，一老者捂着脸，估计是怕风吧？一个趔趄，我赶紧把她抓住，她回头看了我一眼，向我勉强地挤出一丝笑。自言自语说："到底老了。"我回说，你不老，蛮精神呢！说完，推着她的拉杆箱进入8号车厢。正好，她的座位在我对面。

车内暖和多了，她问我你是回家，还是去看朋友？我说看朋友，她说她来乌鲁木齐是看老姐妹的。人呀跟这时令似的，一不小心就老了。我问她今年高寿？她说都五十有三了，这么说心里就想：我都眼看着奔六十了，就一米的距离了，这妇人比我要小好多，咋就这么想问题呢？这不是身体和容颜，而是生活面貌，准确地说，是心态，或者人生态度？

我不敢说老，但会坦然面对这个生理趋势。不记得在何时何地有个人说，要"优雅地老去"。想一想，就很浪漫很超越，而且赋予美感。优雅，不是所有人都能装得出来的。属于一种高格调，能美到人的骨子里。由此看，优雅和眼前这位未老先衰的妇人显然沾不上边。眼前妇人，虽不是农妇，整日与小麦玉米搅扯在一起，多么地辛苦，但守在城里却整日消极悲观，心不老才怪！

我在曲云其，常和村里和我一样年龄的人聊天儿，买合苏木就说我，你比我大好几岁，心态和心情都好，感觉人很精神呢！买合苏木是我结对子的维吾尔族兄弟，我知道他说的是心里话，绝无恭维我的意思，所以对他笑笑，心里告诉自己：好吧，连买合苏木都在夸赞我，那尽量得像个样子吧！像啥样儿呢？我发现门前那些小草就很好嘛，不贪恋热闹，静静地，散发香气，荣枯随缘。

即使真的该到说老的那一天，我想我也要找个榜样做参照，譬如像杨绛先生那样，依然坚持写字，心里阳光，穿干净衣服，不见得非要高档的料子，只要没有污迹，没有褶皱，没有味道就行。

人不能懒惰，外衣要勤换。而且，换下的衣服要自己洗。自己动手，既活动了筋骨，于身体有益处，还不用欠人家的情。衣服不要积攒，放洗衣液，放柔顺剂。然后，清掉化学残液，晾在晾衣竿上。对好衣边，抻扯平整，让它在温暖的阳光里迎风摇动，似旗帜。

不留须发。头发稀疏得不行了，就剃光头。我在曲云其坚持了几乎一年时间剃光头。光头有光头的好处，一是爽快，二是好洗，三是不用洗发液。像模像样。仿佛亮着一盏灯，向着眼前，向着曲云其，向着经历的所有时光，饱满而雍容。人生实苦，跌跌撞撞，一路至此，该有这样的态度。少时，头顶留一把小铁铲，青年留寸发，中年头发三七开。其实，更喜欢自己光头的模样。

路边，常见野菊一大簇一大簇盛开，黄的，白的，素简安静，又盎然生动。看到它们，我心里会笑。那些野花，真好看，朴实无华，没有半点喧嚣。它们开在世界上，世界看着它们开。我想，我一生都像野菊。老了会更像。

我的老年得长成一棵杏树，还像曲云其窗前这株。仍在窗下。日影子来，月影子来，树影子来。浓浓的，一大片。

我愿意看风在树里涌。风涌得疾的时候，有时会觉得那是一片海。

其实，我还觉得，树和人太像。树欲静而风不止，人的一生何尝不是这样？那儿一阵风刮过来，这儿一阵风刮过去，有时吹得人乱蓬一样转。老了的我，该吹的风都已吹过，是要靠在树影子里了，歇歇。

树下，最好有张竹藤椅。坐累了，可以躺会，像小时候一样，看屋檐上流云飞。看着看着，还会睡过去。一个恍惚醒来，树影就变长，要不变短了。一个大院子空茫茫在眼前。

老了的时候，脚边，要时常卧着一条狗，一条大狗。就像大黄和土才这样，我会觉得安心。

宠物狗太会讨好人，我不喜欢。不喜欢那种讨好，精怪而媚，讨要施舍似的。我喜欢大狗。和大狗，可以做伙伴。最近常去看土才和大黄，我们眼看着就要离开曲云其了，据说这个村不再驻工作队，院子会空落下来，那它俩咋办？

有天午饭，我试着问努尔队长，他说已经给它俩找到了新主人——一果园老板。尽管，他说得轻巧，很不经意的样子，但却让我泪眼婆娑。

如果可以，我真的希望脚边的狗是它俩。它们不吵闹，尤其土才，虽然有些调皮，总企图把头顶到我怀里。我累了，或许手上的书还会落到它身上。如果，它们等不到我老，那又有什么呢？我想，它们应该是可以等我的，俩家伙身体超好，南疆寒冬腊月的早晚，该是怎样的寒冷啊！我最近发现它们居然露宿在后院门口，这是我想都不敢想的。所以，不管到何时，我仍会想念土才和大黄。

屋角要放盆花。吊兰，垂挂飞溅一瀑绿。即使开花，也是嫩白一小朵，不争，不热烈。吊兰，姿态飘逸，又生意盎然，像某种人内在的气质。我喜欢。

窗台上放一两盆花，什么都不能放。这样，干净利索，又显得开阔，看出去，能见满窗子云朵飞。大片阳光也可以直通通进来。老了的世界很空，但也要铺很多阳光。湖水一样铺开，静，又光芒闪烁。

坐到窗前打盹的时候，梦醒了，不睁眼，会在那儿想念很多人。亲人，朋友，爱过的人。一个个灰色影子，拖着点水迹，从心里走过。每个影子都带着些风声。温暖又伤感。就那样，坐在窗前，静静怀想。

也或许，是坐在炉膛旁边。红通通的炉碳上，一层白色的灰。窗外的雪住了，月亮高高升起。风停在屋脊。

很老的时候，只要能动，我仍要努力做事情。譬如做饭，吃饭，穿衣，洗头，铺床，扫地，除灰，甚至买菜。

我还希望，一直能看书写字，直到死时。

即使死，也不要死得难看。最好的死法，是坐着看霞光，看着看着就睡了，不再醒。不要哭声。

假如，我不够幸运，得了癌症。无论哪种，都不开刀手术。不只要完整地来，完整地去，最关键，不想躺在手术床上四仰八叉，被割得鲜血淋漓。反正总要回家，不差早晚，早回早安宁。

与其身心都煎熬，不如舍弃身体，放开心灵。我的忍受力强些，比很多人耐疼。总之别人不能替代，那就尽力忍着。

人生那么长，沟沟坎坎，走得疲惫疼痛至极。百千滋味尝尽后，早去晚去都是去，随它吧。

当你老了

头发白了

睡意昏沉

当你老了

走不动了

炉火旁打盹

回忆青春

多少人曾爱你

青春欢畅的时辰

爱慕你的美丽

假意或真心

只有一个人还爱你

虔诚的灵魂

爱你苍老的脸上的皱纹

……

伍拾柒

在火车上，突然想去和硕。

老实说这个想法由来已久，已不止三十几个春夏秋冬了。我在新疆40余年，其中有四年计1400多天就生活在和硕。

好几年前，也是秋天，当巴音郭楞蒙古自治州农业局党委书记杜勇军、中共和硕县委常委马德勇、和硕县农业局局长张建峰带着我转了乌什塔拉乡、曲惠乡、塔哈奇乡，看了万亩葡萄园，看了芳香生态园，看了野生的甘草、麻黄，看了翠绿醉人的温室大棚蔬菜，至此，和硕便满满当当地印在了我的心里、思想里。

可以说和硕是我的第二故乡啊！我想，我在这诸多的园子里，体验了年轮碾过的岁月步履，体验了一方水土浓缩的人世变幻，也因此丰收了我对故乡的所有思念，试问，还有比这更重要的吗？没了！这就够了，足够我记忆它一辈子了。这就是印在我心中的底片，是日子的底片，是我对这方热土魂牵梦绕的底片啊！

那时，摄入我脑海的底片是陌生而又新鲜的。

我们三秦一百单八员子弟在古城西安坐上火车，目的地据说是兰州。结果，火车西行，过了黄河，眼看着到了兰州，尽管带队的干部没有命令，但所有人都在车内收拾自己的行囊。我记得在忙碌中，接我们的排长从睡梦中醒来了，他站立起来，尽管他身材并不高大，但嗓音洪亮，操着苏北腔说："原地休息，听我的口令——坐下！"于是，我们继续西行。列车哐嚓、哐嚓，穿过兰州；列车哐嚓、哐嚓过了河西长长的走廊；哐嚓、哐喠过武威过张掖，依然没有停的意思；哐喠、哐喠过嘉峪关过玉门关，还是没有停；哐喠、哐喠、哐喠、哐喠，过安西、过敦煌 —— 哇！到新疆啦。那时，我们做梦也没有想到这列火车一走就是七天七夜，会把我们拉到新疆。拉到一个名叫大河沿的地方，也就是现在的吐鲁番。从吐鲁番再乘部队的大解放车，经一段颠簸难忍的天山沟壑，过了库密什，眼前忽然开阔。一片漫无边际的戈壁，苍茫地躺在天山脚下。我不清楚这是什么地方，恍惚间，一串拗口的汉字路牌就在我眼前一闪 —— 我看清了，那路牌写着：乌什塔拉。

"乌什塔拉，什么意思呢？"我问排长。

排长告诉我，乌什塔拉是和硕县的一个公社，我们部队的驻地就在它的区域内。当下，运兵的车队已经在乌什塔拉摆成"一"字纵队，随后就由乌什塔拉往南迤逦而行，约莫半个小时，看到远处有水塔，看到陋屋若干，看到土墙一圈，看到一行人在敲锣打鼓，鸣放着鞭炮，但看不见他们的嘴巴、眼睛，却听得见他们手中的家伙发出"喊卟楞咚锵，喊卟楞咚锵，喊卟楞咚锵锵，喊卟楞咚锵！"

那个时候，乌什塔拉是孤独的，一排低矮的砖混平房，孤零零的漂泊在广袤、荒凉的戈壁滩上，就像是大海的一小块礁石。戈壁滩是灰色的，也是苍凉的，唯一点缀它的，是一丛丛矮小的红柳、骆驼刺，而最壮观的是大漠孤烟。那孤烟直刺蓝天，行走诡秘而迅速，有时变幻莫测，似神龙、似魔幻，唐代的边塞诗人岑老夫子对此多有记述。

部队的营区安卧在乌什塔拉正南一隅，或许驻地距离博斯腾湖较近，营区沙梁沙垛沙滩沙地较多，部队领导就给它取名沙井子。那个时候我们跑得最勤的就是博斯腾湖了！那可是中国内陆最大的淡水湖。博斯腾湖是美妙的，它给了我们一种情趣、一种点缀人生的回忆。这体现在1976年的夏天和秋天，一群秦川子弟，光了膀子，只穿了条裤衩在湖边抓鱼。在湖边抓鱼需掌握时辰，部队里有的是抓鱼能手，他们都是两湖、两广子

弟，从小在江河湖海里戏耍惯了，知道抓鱼的最好时机。湖与海有着同样的习性，一般太阳落山的时候，湖水会涨潮，而在太阳将要升起的时候，湖水会落潮。潮涨潮落，对抓鱼尤为关键。涨潮的时候，鱼儿会随着湖水上岸，而到了落潮的时候，鱼儿就成了打鱼人手中的猎物。我们也因此享受了博斯腾湖带给的美味佳肴。

后来，我曾与自治区移民局李春局长谈及和硕，李春多年前曾是和硕县委书记，在他任期内，大力发展了和硕的设施农业，和硕的温室大棚成为全疆的榜样，而博斯腾湖，也同样被县政府打造为"金沙滩"——西部旅游明珠。那一年，和硕人就敢骄傲地站在乌鲁木齐人民广场对外宣称：今年冬天吃什么？吃和硕！和硕有万亩大棚菜。今年夏天玩什么？玩和硕！和硕有一湾海一样的金沙滩。

关于和硕，我后来知道它出自蒙古语，叫和硕特。隶属新疆维吾尔自治区巴音郭楞蒙古自治州，位于新疆中部天山南麓，焉耆盆地东北部，被称作南疆第一县，据考证也是"一代天骄"成吉思汗的嫡亲部落，著名的蒙古族爱国英雄渥巴锡汗，出生于伏尔加河流域，从小就热爱自己的故乡中国。1761年他继承土尔扈特部汗位，不堪忍受俄国沙皇政府的压迫，为求得民族生存，渥巴锡率领三万两千户17万人组成的浩荡大军，消灭了数千沙俄官兵，烧掉了帐篷、带不走的东西和渥巴锡汗的木制宫殿，拔营起寨，惊天动地踏上了艰难险阻的万里归途。

那是怎样的一种场面呀！

有文字记载：成千上万的妇孺和老人乘着马车、骆驼和雪橇，在跃马横刀的勇士们护卫下，离开了白雪皑皑的伏尔加河草原，一队接一队地迤逦前进。沙皇闻讯后惊恐万状，大发雷霆，立即派兵数万进行追击和阻截。英勇的土尔扈特人在渥巴锡的率领下，英勇克敌，战胜了各种艰难险阻。终于踏上了祖国的领土。等到公元1771年7月他们来到伊犁察林河畔，起程时的17万大军只剩下7万多人，他们蓬头垢面，形容枯槁，靴鞋俱无，但实现了回归祖国的夙愿。部分土尔扈特的后裔，就生活在巴音郭楞这片土地上。

历史不再，英雄不死。

英勇的和硕特、土尔扈特的后人们，自此就在这片国土上繁衍生息，与其他民族和谐相处。和硕县曲惠乡一位年轻的维吾尔族种菜能手给我讲述了发生在这块土地的变化。他说计划经济没得选择啊！一直以来，人们种粮，粮不够吃；栽种棉花，身上没钱花。改革开放，特别是市场经济带来变革，和硕人进行了一场农业革命。现在，人们知道了科学是第一生产力的真谛。他给我扳着指头算了一下账，一亩地的温室大棚蔬菜，竟会是几十亩粮食的效益总和。这个精明能干的维吾尔族青年农民，靠科技致富，种植了8棚反季节蔬菜，坐在家门口就可以挣大钱了，也让我这个故乡人颇为骄傲。我的故乡啊，了不起啊！我心里不由自主地赞美起我的第二故乡、我的父老乡亲、我的兄弟姐妹。你们终于明白了科学的作用，并因此使自己的生命受到了最大的激动和鼓舞。而在此前的20世纪70年代，那个时候我落户和硕，总会在夏日的艳阳天里，带着镰刀、坎土曼在乌什塔拉、曲惠乡间大片的、近似于荒漠的沙土地里劳作。割麦子的时候，我抓了一把麦穗，迟疑地不忍下手，哪叫麦穗呀！干瘪干瘪的就像没奶的老妇。一切都那么简单明了，一切又都那么神秘莫测。在我的印象里，那时的和硕，很粗糙，很无奈，亦很憔悴。随着邓小平视察南方谈话，给共和国带来了一个真正的新时代，改革开放，产业革命，科学发展观的认知，使人们创造技能的潜力最大限度地得到发掘和传扬。站在和硕万亩葡萄园里，我仿佛听到蝈蝈的鸣叫，葡萄枝丫、水流浇灌农田的声音。我想，在这个秋季，在这片郁郁葱葱的大地，如果能将这片土地的林果、庄稼、流水、鸟鸣，还有正南——碧波荡漾的博斯腾湖以及此刻玩兴正浓的旅人们的笑声记录下来，把这片土地所发生的沧桑巨变记录下来，不正是共和国70多年发展的一个微缩景观吗？

伍拾捌

在整理《我在喀什当农民》书稿过程中，亦曾写了《做一棵树》，这棵树可以是喀什常见到的白杨树，抑或是一棵戈壁滩上的胡杨。我的朋友陈志民看后，以他的观点觉得我更应该是一只鹰。那天他给我留言，说："你总以为自己是一棵树，一棵向上的树，一棵安分守己站立在原地的树。甚至一再希望自己就是那么一棵树，渴望自己成为一棵树！为什么？因为你一直在飞，从内地到新疆，又从新疆飞到大江南北，如此往复。即便是在新疆，你也在飞。南疆、北疆，不停地飞……"毋庸置疑，志民这句话点出了我内心所想。如此看来，知我者，志民矣！

还在年少时，就一次次梦想离开商洛山，有一段时间在放羊的时候，我把羊绑在某棵树上，然后顺山势向上攀缘，努力爬上山的最高处，几乎天天如此，攀缘一座又一座山，为的是能够遥望远方，能够看到大山以外的世界。但难过的是，我看到的始终是那山还比这山高。

一次次遥望，一次次失望，直到17岁那年终于走出了秦岭，来到了西北大漠，又钻进了天山深处，但部队驻守的地方是戈壁大漠，一望无际。再再后来，做编辑，搞创作，南来北往，才发现其实自己一直都是在路上。心里就想，今生我大概只能是个行者了。

人在新疆，恍惚间40余年，无论行走在南疆或北疆，都会有一种震撼。新疆人说，不到新疆，就不知道祖国的辽阔。在辽阔的巩乃斯草原，当我骑在一匹膘肥体壮的伊犁黑骏马上的时候，我便体会到了成吉思汗大帝当年信马由缰时的那种豪迈！

亦曾数次行进在中国乃至世界上最长的南疆沙漠公路上，行走在沙漠公路上我就渴望看到有车同行有人同行，当然，戈壁滩有的是四脚蛇、蜥蜴甚至黄羊、野兔什么的，但它们目标太小太小了，坐在撒了野的汽车上，你根本没办法与它们对视，只有偶尔戈壁出现，你才能感觉到什么是运动什么才生动什么能让你激动！

喀什的风情独特而有趣。麦西来普、刀郎这些民族瑰宝，让旅者无不叫绝。前面说过我在喀什广场，曾遇那位名叫亚森的维吾尔族老汉。他竟然把自己用树枝做成的拐杖当作热瓦普来弹奏。

数年前，旅居罗马的华人画家、我的好友周先生，他很真诚地给我说，你还是来罗马吧！来了就住在我这儿，我家有菜园，有花园，还有一个鱼塘。假若你愿意，我们就一起种菜，弄花，喂鱼，乐哉悠哉。除此，你还可以在这儿搞你的创作，我画我的画，累了我们可以品茗聊天儿，要不就带你去参观文艺复兴时期那些西方大师们的艺术作品，如何？当然，这主意无可挑剔。扯远了，还是回到话题。

常有朋友问我，你拉个箱子，海北天南地跑，在熙攘的人群中穿行，不觉得累么？还说，年龄可不饶人啊！能跑得动吗？我就笑着回他，咱心里舒坦得很！

我这么说，你千万别以为我是在敷衍人，人在旅途，感觉超好。总觉得这个世界既陌生又亲近。尽管没有人正视你，但那有什么呢？如果把人比作水，你其实只是那沧海一粟，唯有与别人汇集一起，才可能成为江、河、湖、海。也许正是因为你的普通，你在向别人微笑时，才能得到别人报你以回笑。想想，这是多么美好的事儿啊！加入这个世界，人人都能给你周围的人露出微笑，人世间的一切都会是最美好的！微笑如花，开在每个人的脸上，胜却千言万语、万语千言。

我跟别人的不同之处，我是个写字匠。有人纠正我说，你是个作家。

我反驳，应该是"坐家"，是坐在家里手敲电脑，在汉语言文字中边想边行走。具体来说是做些读或写的事儿。读，是静静地欣赏文字，譬如读季羡林、读张中行、读巴金、读杨绛等等；我就喜欢在他们的文字中了解中国语言文字的神奇和博大。他们不愧为中国文学顶尖级大师，读他们的文字，让我浮躁的心得以安静下来，享受生命的乐趣，这应是一种尊重，一种心态，一种真诚，坦然、幸福的感觉。

当然，我也会尽力地去写，今生最难忘的是，2016—2017年，在南疆喀什一个名叫曲云其的维吾尔族村庄，虽说这个村庄距离现代都市生活有些遥不可及，但村庄民风淳朴，关键是我能有幸和那些纯朴的维吾尔族同胞生活在一起。在那儿，我的心情超好。可以静看天上云卷云舒，看地上花开花落，让心灵自然纯净。当然，人在任何地方都是一样，只求无悔人生足矣。

也有网友说，看我那些文字心里能安静。我不知道是否真是这样，但每次打开电脑敲字时，我都做些思考，这就是如何让文字沉静如花？怎么做让一颗心淡然如水？最好是让这份美好常驻心间，让自己敲打出来的文字先感动自己。如果连自己都不能打动的文字，干脆把它删掉！

现在，已是午夜时分，是该结束这篇文字的时候了。我从座椅上站起身来，伸伸懒腰，习惯性地推开窗，把深藏在院里那几棵泡桐树间的风迎进来，还有跟风一块涌进的清新空气。什么也不用去做，只把沉淀的心事，婉约成一段唐诗宋词元曲！或且作片刻的沉思，以缄默的方式，润泽一个个鲜亮的梦；给心灵一丝坦然，给生命一份真实，给自己一个感激，浓淡相宜。

伍拾玖

我把《哈密》放在腾讯空间，满足了远方朋友的需要，没想到住在我隔壁的努尔队长次日就来找我。那会儿我正在敲字，很随意地敲，努尔敲门。我就把他让进房子，顾不上问他有啥事儿，只顾自己。他问我能否吸烟？我说那不能，但又怕他自尊心受到伤害，就说你可以吸完烟再来啊。努尔就把已经从烟盒里取出来的那支烟重又装进盒里。

他一脸认真地看着我，说："那你能停下来听我说个事儿吗？"

嗯？不像是玩笑话，我就停下来看他。

又点了保存文字，等他下文。

"是这样，我刚刚看完你为朋友介绍的《哈密》，写得真好！我有个想法，你能否把曲云其村里的这些特色农产品，通过腾讯空间平台向外界推广呢？而且，你是有这个能力的！"

我赶紧"哦"了一声，接他话问：咱村里那些特色作物需要推广？

努尔便扳着指头给我数："石榴、红枣、杏子呢，还有巴旦木、核桃。"还说你若想写，抓过来就是一大把。当然，你看不见或不想写，懒惰一下，曲云其的果园子就会荒着。努尔率性的几句话，让我有些哭笑不得。

那就试试？反正，贾某又不以文字为业，可以随意地写。

生活多晴朗啊！日子安安稳稳，给曲云其做些力所能及的事儿，干吗不呢？对这儿的生活，对曲云其，除了感激，还是感激。因为我来了，正浸在里面，被光阴的风呼呼吹着，我岂能推辞？

一

先介绍一下村里的石榴吧！您想知道吗？

如果是在5月，如果这个月份你行走在喀什，不经意间，就会被眼前一抹恬静而又秀美的风景诱惑，在你目光所及的村庄、路旁、田野，那些已经青翠欲滴的嫩芽在白天黑夜里长成了丰腴充沛的一种树，那树姿优美，枝叶秀丽，婀娜多姿。到处都有这样一种气息包围和诱惑你，使你欲罢不能这浓郁的意象。你若置身其中，想平静如斯、想宁谧如水、想安详如怡？

想只是想，当下却无力挣脱出这种意象的推拉撕扯，在这样的季节，在这熏熏的微风中便痴迷了 …… 这该是怎样的一种心绪呢？

懊恼？诅咒？

不是！分明是那样一种欣喜若狂如再生般的感觉。

5月，一种对树的意象，南疆喀什的意象，广袤南疆的意象，诗意般的意象！是以如此神魔之力，使我这个都市人久已沉静的灵魂，再一次掀起狂漾巨浪？不清楚，总之，一切都在猝不及防之中，在毫无心理准备的条件下。

在这个烂漫的日子，这样的树已经繁花似锦，色彩鲜艳；据说到了秋季就会累果悬挂，人们或孤植或丛植于庭院，游园之角，或对植于门庭的出处，或列植于小道溪旁、坡地，以及建筑物旁，而住在城里的人，也有把它做成各种桩景或者供瓶插花观赏的，这便是石榴了。

关于石榴，还流传有一个凄美的故事呢！这个可不是笔者杜撰，史上确有记载。虽然史上记载，其实属于民间传说的神话故事罢了。说的是大约在公元前2世纪吧，石榴产在当时隶属汉王朝的西域之地。张骞出使西域时，就去了西域安石，在他住的房子门前，居然有一棵树繁花怒放，色艳如火。张骞甚为喜爱，经常站在其旁观赏，但他并不知道这是什么树，于是就问别人，才得知是棵石榴树。这年天旱，石榴花叶日见枯萎。张骞不时地担水浇灌，在他的呵护下，树又枝叶返绿，榴花复艳。

张骞完成使命回中原时，安石王赠金送银给他，都被张骞婉言谢绝。安石王对此大惑不解，心想：金银财宝都不要，这朝廷使臣就有点怪了。心里这么想的，嘴上却说，赠汝金银汝都拒绝，那汝需要什么请尽管说来。张骞呵呵一笑，便说如果国王允许臣把这棵石榴树带回中原，臣就不胜感激了！安石王听他这么一说哈哈大笑。曰：区区小事，何足挂齿？本王答应汝便是！

不幸的是张骞在归途中遭匈奴人拦截，在冲杀中将那棵石榴树遗失了。当张骞人马到了长安，汉武帝率百官出城迎接。正在此时，只见一位身着红裙绿衣的妙龄女子，气吁吁、泪滴滴，向张骞奔来。

汉武帝及百官皆惊，不知出了何事。张骞定睛一看，也大吃一惊，这不是在安石下榻时被自己劝出门的那位姑娘吗？原来，张骞起程的前一天夜里，他的房门被轻轻叩开，只见那位姑娘正向他施礼，请求与恩人一同前往中原。张骞一时弄不明白是怎么回事，暗想：必是安石的使女想随自己逃往中原吧！但自己身为汉使，不能因此惹出祸端，于是将其劝出门外。

张骞怎么也想不到，这女子今日竟追到了长安。当下心里不悦，高声问道："你不在安石，千里迢迢追赶我们究竟是为甚？"

那姑娘垂泪回答："恩公有所不知，奴不图富贵，只求回报浇灌之恩，中途遭劫，使奴未能一路相随。"言罢忽然不见，旋即化为一朵花盛叶茂的石榴树。

张骞恍然大悟，逐向汉武帝禀报了在安石与石榴树的有关事宜。汉武帝大喜，当即就命花工将其移植到御花园中，从此中原大地就有了石榴树。后来，潘岳有感于此，便在他的《咏石榴赋》中题道："榴者，天下之奇树，九州之名果，滋味浸液，馨香流溢。"

其实，我对郭沫若的《石榴》尤其倾倒。那真是一篇极美的上乘佳作。笔者不妨抄录在此，权作读者耳目之娱罢！

五月过了，太阳增加了它的威力，树木都把各自的伞伸张了起来，不想再争妍斗艳的时候，有少数的树木却在这时开起了花来。石榴树便是这少数树木中的最可爱的一种。

石榴树有梅树的枝干，有杨柳的叶片，奇崛而不枯瘠，清秀而不柔媚，这风度着实兼备了梅柳之长，而舍去了梅柳之短。

最可爱的是它的花，那对于炎阳的直射毫不避易的深红色的花。单瓣的已够陆离，双瓣的更为华贵，那可不是夏季的心脏吗？

单那小茄子形的骨朵儿已经就是一种奇迹了。你看它逐渐泛红，逐渐从顶端整裂为四瓣，任你用怎样犀利的劈刀也都劈不出那样的匀称，可是谁用红玛瑙琢成了那样多的花瓶儿，而且还精巧地插上了花？单瓣的花虽没有双瓣的豪华，但它却更有一段妙幻的演艺，红玛瑙的花瓶儿由希腊式的安普刺变为中国式的金罍：殷、周时古味盎然的一种青铜器。博古家所命名的各种锈彩，它都是具备着的。

你以为它真是盛酒的金罍吗？它会笑你呢。秋天来了，它对于自己的戏法好像忍俊不禁地大笑起来，露出一口皓齿。那样透明光嫩的皓齿，你在别的地方还看见过吗？

我本来就喜欢夏天。夏天是整个宇宙向上的一个阶段，在这时使人的身心解脱尽重重的束缚。因而我更喜欢这夏天的心脏。

有朋友从昆明回来，说昆明石榴特别大，籽粒特别丰腴，有酸甜两种，酸者味更美。禁不住唾津的潜溢了。

郭老这段文字应是一段真实情感的道白。

石榴不仅深受国人推崇，即使在国外，也是被尊有很高的地位。西班牙的国徽上就有一个红色的石榴，因为它是西班牙的国花。

维吾尔族同胞给石榴取了个很美丽的名字："阿娜尔"，另在尼雅遗址及吐鲁番楼兰遗址的挖掘中，发现有石榴果纹饰，由此可推断新疆引种栽培石榴距今有1600余年的历史。

中国的石榴，应数新疆出产的最好，而新疆的石榴，又以喀什、和田一带最佳。

喝着昆仑雪水长大的喀什石榴，是绝对的无公害绿色食品，也是各地商家争相选购的最佳特产。而喀什的大籽甜石榴果形硕大，一般个重300至500克，最大的个重达1000克，皮薄柔韧，极耐贮藏，籽粒大，酸甜可口，被人们视为水果上品。石榴除鲜食外，还被制成石榴汁饮料和酒。这个不用叙述。习主席用石榴做比喻，各族人民都应像石榴籽一样，紧紧地抱在一起。

某日，努尔喊我和他去买买提家看石榴。当然痛快地答应了。真巧，买买提让坐在他家土台上，他羊缸子（媳妇）还抱来一床当坐垫的棉被，土台这儿，看买买提媳妇温柔笑着和人慢声说话，那种感觉又来，觉得她和很多人不同。瞧，她那说话的神态，一颗心就在眼睛后面施施然笑，不掖藏，山间一溪水似的清。她或许不知道，似她这般不要求，尽心做着自己，恰是最好的女子，有着清水出芙蓉的美。那美，不在外面，在里面，清凌凌的。

二

买买提家不仅有石榴，还有几株无花果。我是叫不出树的名字的，和我并排坐着的是买买提的大儿子，已经是个十七八岁的小伙子了，他嘴里低低地哼着流行歌曲，眼睛停放到院墙根那一片绿色植物上，其中不乏葡萄树的藤蔓。他突然回头问我："叔叔你知道无花果吗？"

"嗯？"不禁有些愕然。

"你瞧院墙左边那几棵就是！"他用手指给我看。

说实话，我只是知其然不知其所以然。

对于无花果，我是在季节到来时，常在大街上看到有维吾尔族同胞推着小车叫卖无花果，也吃过南疆维吾尔族朋友带给我晾晒干了的无花果干。但无花果到底是怎么长成的，我却是茫然无知。

曾经读过北极君那首《无花果》，很美呢！至今，我还能记得那首诗的大致内容——

春夏秋冬

我一直怀念你

离别的脚步走得匆匆

我愿意等

重逢的喜悦

没有相约的收获

现在或未来

风雨雪霜

我一直接纳你

相聚的时间来得缓缓

我愿意让

思念开花

芬芳内心的感觉

痛苦及快乐

……

老实说，这首诗写得真美！

后来在喀什的一次文学沙龙活动上，维吾尔族姑娘阿曼古丽抑扬顿挫的吟诵，令我心绪神往。新疆阿图什是"中国无花果之乡"。我却不曾涉足，此刻正好在买买提院子里看到了，当然借此就能对无花果有一个较为全面的认识了。

无花果，别名很多：像映日果、奶浆果、蜜果、树地瓜、文仙果、明目果等等，不一而足！仔细瞧，小枝粗壮，托叶包被幼芽，托叶脱落后在枝上留有极为明显的环状托叶痕。买买提说它聚花果成梨形，熟时黑紫色；还说到了6月中旬就成花结果了，而且一直会结到10月。很多人误以为是一年两次成熟，其实是每一年的6月至10月都产果，因质量不同而区分夏秋两种果实。

据最新考古证实，人类种植无花果的历史已达一万年之久。西汉时引入中国，也有人说是公元8世纪前后，通过丝绸之路由波斯传入中国，是那些奔波在帛道上的商贾和僧侣们将它带到了新疆，并开始在昆仑山北麓的塔里木绿洲种植。

如今，我们在南疆喀什看到的无花果，依然是古老而单一的波斯品种。但品种优良，虽历经千年而少有改变。

无花果喜光、喜肥，不耐寒，不抗涝，较耐干旱，所以比较适宜新疆南疆地区植物。它叶片宽大，果实奇特，夏秋果实累累，也是优良的庭院绿化和创造经济效益的树种，具有抗多种有毒气体的特性，耐烟尘，少病虫害，叶、果、根均可入药。很适合于发展南疆庭院经济。除鲜果入市外，还可做成果干和果酱。我曾听到素有"无花果之乡"的阿图什的朋友说过，他们那儿还有七八百年的无花果树呢！据说拥有它的主人小心翼翼，从来都不声张，甚至就连当地人都不清楚这棵"树王"究竟长在谁家的果园里。

三

我不止一次说了杏了，在曲云其，只要有空，我就喜欢到窗前那棵杏树下坐坐。坐在这棵杏树下就会陷入沉思，或许这是自己与树有某种心灵的感应罢！不仅如此，我还可以聆听到杏树的呼吸。其实，也不只我们工作队的院子里有杏树，乃至整个曲云其村，家家户户都拥有杏树，甚至有几家还拥有杏林。

杏是维吾尔族人普遍栽培的果树之一，在喀什绿洲中，几乎村村有杏林，家家有杏树。初夏，随着小黄杏的上市，接踵而来的是小白杏、佳那丽杏、辣椒杏等20多个品种。大的宛若鸡蛋，小的形似荔枝，颜色也分红、白、黄等，千姿百态，琳琅满目。

若以栽植面积来看，喀什杏的栽植面积算是南疆最大了。不仅如此，而且概括了新疆杏的主要品种，譬如胡安娜杏、色买提杏、小白杏、黑叶杏、树上干杏等等。但一般都会在6—8月成熟（据说也有少量的早杏）。据史料记载，杏在新疆已有1400多年的栽培历史，面积和产量位居全国第一。

新疆杏因果实品质优异而著称，果肉细软、韧，果味酸甜，适宜鲜食和制干。主要加工制成品有：杏脯、杏干、杏罐头、杏汁、杏仁露、杏仁酪及杏精油和杏仁油等。据说还有野生杏树，每年的七八月间自然成熟而不脱落，等到自然熟干后采摘的"树上杏干"（或者曰"吊死干"）相当可观。

吊干杏树，极其敦实、健壮，在森林里就那么层次有序地生长着，而且一直以来都在用毕生精力深深扎根于山野之中，仅靠天然雪水与雨水生长，自花及果，无任何人工施肥与劳作，完全自然原生状态。鲜果圆润如珠，黄如金，小而饱满、肉实劲道，纯美甘甜，杏仁大，格外清香，远近闻名；其营养丰富，味美无穷，更有宣肺止咳、美容之功效。

关于这种"吊干杏"，曾经流传着这样一个故事。传说大唐僧人取经路过昆玛力克河的时候，人困马乏，遂令大徒弟孙悟空和猪八戒前去化缘。孙悟空有腾云驾雾的本领，猪八戒颠着肚皮晃悠悠跟在后面，两个人无目标地向前走着，当他们师兄二人来到托木尔峰山脚时，居然看到了一大片果园，各种果树都有。有的能叫上名字，有的根本不知道是何物，好动的悟空便对八戒说："猪老弟，你快快瞧那树上吊着的果子黄灿灿地，个儿又大又圆，我猜肯定好吃呢！师弟为何不采来充饥？"猪八戒顺着悟空手指的方向，手搭前额，便见树上的果子很是诱人，本就嘴馋的他，这会儿止不住口水直流，没等悟空说完，便一头钻进了林子，边吃边采，口中还念念有词："师兄，好吃，好吃。"

兄弟二人也顾不上先拿给师父和师弟沙僧吃了，两个人蹲在树上尽情地享受一番，等到把肚子吃圆了，这才采摘了许多返回休息的地方，唐僧和沙僧眼见他二人采摘了好多果子，一顿狂吃，感觉味道好极了，个个嘴上不停地大加赞叹，吃毕，又随悟空前去观赏，竟觉得那些成熟于树上的鲜杏，让人垂涎欲滴。

此前我曾去那儿采访过，维吾尔族朋友告诉我，这些杏子受夏季炎热气候的蒸腾，再加上干燥季风的吹拂，就会慢慢在树上自然风干。目之所及，成片的杏子风干于树上，随风摇曳，树影沉甸，蔚为壮观。成为如今观光农业的最美风景。当然，如果是看景，还是早春季节为好，这个时候寒冬的淫威才刚刚散去，南疆田野上百花尚未盛开，天地之间似乎没有了灵气。但无论怎样，埋藏在人们心底里的希望却跟随着杏树上的花骨朵儿慢慢地复苏了。仿佛是在你不经意的当儿，杏花就那么应时应景地开了，那些花儿就像是春天的使者，传递着春的信息。一树树洁白的花儿跳入行人的眼帘，再仔细搜寻，已是戈壁遍野的白，那一定是迎风绽放的杏花了。此时的你，一定是欣喜若狂，因为你知道，久违的春天终于来了。

世界上的花儿姹紫嫣红，都会显出不同的形态，人们大可按照自己的审美情趣选择自己喜爱的花儿，并赋予独特的精神诉求。在笔者看来，桃花太艳，梨花又太冷了。只有杏花像是从大漠深处走出的美人，清新亮丽中透着一股质朴的气息，略施粉黛，浑然天成。也许世界荒疏得太久了，人们对春天的渴望越发的浓厚，于是在人们的眼里，杏花无疑是一道最亮丽的风景了。

四

现在，该说说村里的核桃。当然，也不能只说曲云其，也可以说说整个新疆的核桃。

南疆的核桃在内地市场很畅销。不仅果肉丰盈，而且皮薄如纸，一握即破，吃起来容易。

终于逮到一个机会，我和邓康处、小艾三人去疏附县农贸市场，看到卖核桃的摊贩在地上蹲成一溜儿风景，便颇有兴趣地上前询问，但见一位广东朋友让那个摊贩秤了一公斤，那些核桃看似饱经沧桑外壳坚硬，但见广东人拿了两个在手心里轻轻一握，就听一声脆响，果仁便与果壳分了家。他掰开外壳，然后取出其中一片月牙似的核桃，再剥去一层薄膜，竟露出又白又嫩的核桃仁，放入嘴里品尝，嚼了几口，连连称赞，我想这就是传说中的薄皮核桃吧！

对核桃这种植物，我们都不陌生。古时称胡桃、羌桃。史书上有记载，我国内地核桃是汉代时从新疆引种的。《本草纲目》引宋人苏颂《图经本草》称："此果（胡桃）本出羌胡，汉时张骞使西域始得种还，植之秦中，渐及东土，故名之。"这里所说之"羌胡"，与"西域"一样。

在距今五六千年前的西安半坡村遗址中，考古工作者就发现有核桃植物的孢粉，所以，内地核桃是否系张骞引进后才开始发展的问题，引起了史学、植物学界的一些争议。但是，关于新疆是我国最早种植核桃的地区的说法，皆为人所共认之事。

新疆核桃是一种颇具营养价值和市场价值的物种。看到一首打油诗是这么赞誉的。诗曰：

长寿之果大核桃，百果里头为瑰宝。

生津安神数乌梅，润肺乌发食核桃。

蜂蜜润肺又益寿，葡萄悦色令年少。

在新疆，核桃和哈密瓜、葡萄一样，都属于新疆地理标志性代表植物。因此就有了"吐鲁番的葡萄哈密的瓜，南疆的核桃顶呱呱"的说法。生活在新疆的人，每到夏季，只要一到南疆，就会看到一种伟岸挺拔的乔木，树冠蓊郁，如伞如盖；硕果满枝，如星如珠。无须判断，那就是核桃了。

新疆核桃不仅栽培历史悠久，而且栽培地区分布甚广，南北疆均有种植，而塔里木盆地周围的绿洲，农家种植尤为普遍。自20世纪50年代开始，新疆核桃种植面积就逐年扩大，全疆现有的核桃树可年产核桃两三千吨。新疆各族农民经过长期的生产实践，培育出许多优良核桃品种，大致有以下诸种：纸皮核桃、薄壳核桃、露仁核桃、穗状核桃、早熟核桃等。不但种类多，而且普遍具有壳薄、果大、含油率高等特点，大多属早食类型，两年苗就具有开花结果的特性，对提高生产效率有重要意义。

不仅如此，新疆核桃每年都销往内地，并远销外国和沿海地区。自1965年以来，新疆还向兄弟省区提供了大量的核桃良种。已在内地"安家落户"的新疆核桃，显露出结果早、产量高、果质佳等优点。

我们的祖先早就发现核桃具有健脑益智作用，一代名师李时珍就曾说过核桃能"补肾通脑，有益智慧"。不仅如此，民间还发明了许多吃核桃的方法，如将核桃500克打碎去壳取仁，将核桃仁加冰糖共捣成核桃泥，密闭贮藏在瓷缸中，每次取两茶匙，用开水冲和饮服。据说，用水冲和后浮起的一层白色液体，就是补脑作用最强的"核桃奶"。无论哪种核桃都非常醇香、美味。

核桃是南疆的主要经济作物，不但销往国内，而且大量远销德国、英国、加拿大、澳大利亚等国家。除了鲜食外，这里的核桃还被加工成核桃油、食品、糖果、饮料等深加工产品，延长了产业链，提升了附加值，给当地人带来丰厚的效益。

一日，正琢磨结束这些文字时，内地长沙市一位从事电子商务的朋友

发来一张纸条，要笔者帮他们联系一下温宿的核桃。

"干吗就要温宿核桃？"笔者问。

"你先问问能否买到！"那边朋友在话筒里说。

"没问题，现在就给你打听。"我满口应承。

电话打到地区农业局，农业局的朋友告诉我，温宿县无论地方还是兵团团场，几乎家家都种植了核桃，但是想做核桃生意几乎很难，农民成立了合作社，做不做得由合作社来确定，末了又加一句："就是书记、县长也不能左右了合作社的生意。"

如果不是亲耳听到这个消息，说什么我也不相信新疆的核桃会成为市场上的香饽饽。才准备给朋友回话时，朋友又从那边打电话过来，说新疆的切糕火了网络，也疯了网友，据说一件官司，切糕被赔16万元，网友们戏称这是"糕富帅"。

当下打开百度搜索，这回不能不信了，就连自治区的官方微博也就"切糕"话题发了文字。原本一件负面消息，却使得坏事变好事，让新疆切糕影响日盛，火了南疆从事切糕精加工的民族企业。

其实，所谓切糕，主要的原料就是核桃，加上葡萄干、巴旦木等新疆特产，制成的切糕放那儿一摆，色香诱人，人若观之，能不动心？让你吃了还想吃呢！

核桃那香脆的果肉，丰富的营养深受人们的喜爱。核桃的好处可多了。我曾看到有这样的广告词语：吃嘛嘛香！虽然觉得有点夸张，譬如说青年人吃了可以增加营养，老年人吃了手脚利索，儿童吃了大脑聪明。到底是不是这样呢？依笔者之见，核桃的确是具备了这样的功能。笔者在新浪博客看到一位名叫高旭州的博友写的核桃博文，读来很过瘾，现摘抄此处，供大家分享。

　　——皱纹的沟壑里读着沧桑

　　深刻而坚硬中包裹的岂止是纯洁的内心

如雪的表白是锤击后剥出的语言，谁能读懂破碎的真诚

骨头长在肉里，肉在骨头中生存

把曾经的爱剥削，剥削季节的皮肤

叶片里躲不住已逝的蝉鸣

挣脱的树被刀斧倒削，流出曾经多汁的日子

花朵藏在绿色中悄悄受孕

把爱长在恨里，将恨置身爱中

纠缠是注定爱情的结局

崎岖里季节轮回

手握核桃，任铁锤敲打裂痕的纯粹

我捡拾着一瓣瓣爱的忠诚

……

　　若干年前仲夏的日子，我说要去北疆伊犁，内地一位朋友问我，你去那儿干啥？我就和他说笑。我说能干啥？看云，看天，看树，看好大的野核桃林。浸在清凉里，又竭力掩藏些什么。如果不是到了野核桃沟，怎么能够观赏到那样一种自然景观。

　　野核桃沟的哈萨克语是"江嘎德萨依"，位于巩留县城东南部伊什格力克山北麓，距县城13公里，总面积1180公顷，是一个三面高山环绕向西敞开的山间谷地，既可以抵御西、东、南干热和北面寒冷气候的侵袭，又可以接纳西来湿润气候的润泽，形成一个不同于荒漠而有利于草原林木生长的自然环境条件，由于这里遭受第四纪冰川的影响较小，从而保留了第三纪的针阔叶混交林和阔叶落叶林。据说这是世界上仅有的两处之一的野生核桃林，另一处则是在哈萨克斯坦境内的阿赖山地界内，与江嘎德萨依相距甚远，它们就像两个永远没有联系的亲戚一样，遥遥相望而互不惊扰，江嘎德萨依野生核桃林也因此而声名远播。

　　野核桃沟天然醇美，走进山谷，满目的翁郁葱绿，满沟的树木野草，

漫山遍野的林海松涛，满谷的野核桃，无不给人以震撼。野核桃沟独领风骚，奇特之处可用八个字来概括。那就是"世界罕见、中华独有"。

这条稀奇而独特的山沟生长着3100余株野核桃树，她郁郁葱葱，浓荫遮地，一棵树便是一把巨大的绿伞，散发着浓郁的味儿。行走在谷中，抬头远望，雪峰巍峨，苍松凝翠，繁花似锦，绿草如茵。我去的时候正是野核桃收获的季节，但见漫山遍野的核桃树，树冠葱郁，如伞如盖；更有那累累硕果，枝弯低垂，别具情趣。人在其间，就能全身心地尽情享受着大自然带给我们如仙的乐趣，那么一种散淡的情怀，油然而生，平常都市的那种喧嚣不见了，感觉一下子远绝尘寰，就像被一缕轻柔的风吹来，微微熏醉，似梦似幻。

当下心想，眼前这些野核桃林啊，它们究竟是怎样长成的？面对它们，我们不得不赞美它们的伟大！想想看啊，它们守得住寂寞，就这么孤守成千上万年，默默无闻地守候着这么一条狭窄的山沟，终成为世界上独一无二的奇观，引来旅者无数，人人无不称羡，江山如此多娇！

说到新疆，就会想起被誉为"核桃大王"的郑炎甫。在南疆，被老百姓誉为核桃村主任、核桃乡长、核桃县长的人比比皆是，但是堪当此誉的只能为郑炎甫。

聆听过郑炎甫事迹报告会，对郑炎甫多少有点了解。这位1939年出生于江苏海安的农民儿子，普通话至今咬字不准，为了给维吾尔族农民传授知识，硬是"熬"熟了一口南疆腔的维吾尔语。用维吾尔语言传身教，培养了300多名农民"核桃王"。为了不给农民增加负担，郑炎甫下乡总是自带铺盖卷，自己起灶做饭。他曾几次病倒在乡下的果园里。他的老伴说：当初与他的结合，是觉得他人挺忠厚，也能吃苦，是个过日子靠得住的男人。但成家后，我才发觉他一点也"靠不住"——他是个事业心很强的人，一门心思扑在工作上，常常是只顾"大家"而顾不了"小家"。每年春出冬归，像个"候鸟"，让人总是牵挂着。作为一名共产党员，郑炎甫数十年如一日，致力于林业科技的推广和应用，足迹遍及天山南北，先后培育出11个优良核桃品种，为农民脱贫致富做出了突出贡献。

五

最后，我得说说南疆一枝花。

往大了说，也可以是新疆一枝花！

新疆不乏美丽的花儿，譬如南疆的和田玫瑰、昆仑雪菊；譬如北疆的郁金香，还有巴尔鲁克山这个让我记忆深刻的山野，到了四五月份，各种山花就会竞相开放，兰花贝母，有如绝代佳人，十万亩（约6666.67公顷）野生巴旦杏花，淹没了整个山谷。嫣然娇艳，香气四溢。还有那簇簇芍药，就像是一群一伙的玫瑰仙子，她们微风里嬉戏，婀娜多姿，赤橙黄绿青蓝紫，沁人心脾，令人目不暇接。成了人们竞相来目睹的一张美丽的绿色生态画卷。

生长在新疆大地上的花儿。无论是人工种植，还是自然天成，它们都无不装点着大美的新疆。但我要说的新疆花儿，不在花圃之列，却能让新疆人最引以为傲，而且影响着世界经济的一种格局，它就是新疆的棉花。新疆棉花总产、单产不仅雄踞全国第一，甚至成为世界股市的晴雨表。

新疆四十年大庆那年，我应约赴南疆采写报告文学稿件。先后采访了喀什、英吉沙、疏附、疏勒、叶城、莎车、泽普、巴楚、墨玉、和田、洛浦、于田、策勒、皮山，以及和田市，前前后后历时43天。但给我印象最深刻的就是南疆的棉花了。这种最寻常的农作物，词典里亦有记载。《大不列颠百科全书》是这样描述的：锦葵科棉属植物的种子纤维，原产于亚热带。植株灌木状，在热带地区栽培可长到6米高，一般为1到2米。花朵乳白色，开花后不久转成深红色然后凋谢，留下绿色小型的蒴果，称为棉铃。棉铃内有棉籽，棉籽上的茸毛从棉籽表皮长出，塞满棉铃内部。

棉铃成熟时裂开，露出柔软的纤维……

这么细致的描述，其实就是讲了棉花在土壤里生长的大致经过。很有意思的是，就在我动手撰写这篇文字的时候，我看到一位作家朋友用文学语言对棉花做了这样的描述：

"仿如看到了一个女子的一生。抽芽长叶是年少，有着稚嫩懵懂；洁白的花颜是豆蔻年华，如邻家小女初长成，无忧无虑地说笑着，有着清澈的眼神和皎洁的面庞；花儿次第转成水红、玫红、嫣红、深红，当是待嫁的女儿闭合、稠密的心思了，有着旖旎婉转的姿态；棉花谢了青桃，那小小尖嘴的棉铃，就是棉花的房子了。里面有齐整的四五个房间，每个房间都养育着小小的娃娃（棉籽）。这时的它，像不像慈爱包容的妈妈？娃娃长大，便迫不及待地把脑袋从母体裂开的缝隙里钻出，转眼就白绵绵、毛茸茸一团，这就是真正的棉花花呢。"

棉花是离瓣双子叶植物，喜热、好光、耐旱、忌渍，适宜于在疏松深厚土壤中种植。由此可见棉花的习性是多么的顽强，它根本不理会土质的干旱贫瘠，一片盐碱滩就是它的家园。一径自在，叶拥秆长，花败果结，叶落棉开。

我从南疆回到乌鲁木齐后，就给《新疆日报》"宝地"副刊写了一篇题为《享受布衣》的散文，借此来抒发我对棉花的一点感受。在这篇短文里，我讲了棉花的美好，无论从棉花的外在或是它的内含，棉花几乎都是很完美的一种花朵儿。

我的故乡，是在商洛革命老区。山里人家，几乎家家户户都置有纺车，甚至有的人家还不止一架纺车呢。山里人若谁家新上门的媳妇不会纺线，抑或纺出的线粗细不均，则会被村里人看笑话的，所以女孩儿出嫁之前，纺线这门手艺总是要首先学会的。

纺线是细巧活儿，一开始学纺线总不得要领，常常会出现断线、粗线、绞线。正确方法是：右手摇纺车，速度要均匀，左手捻棉条，拉线的速度也要均匀。两手配合默契，才可以纺出细而结实的好线来。我祖母对我母亲比较挑剔，但她纺线却没有母亲纺的线好，这些都是往事，不说也罢！

我在南疆看棉花的时候，就不由自主地想到了童年自己家里的纺车，想到了母亲当年手摇纺车的身影。母亲用右手摇动纺车，她的左手呢，先是弯腰将棉条一头抵在纺针上，然后轻轻往后拉线，棉条就在她的手中渐渐消失。挺胸、直腰，手臂向后张扬，直至伸直为止。

此时腰身后仰，手臂直直地举在肩后，动作轻缓而优雅，间或伴有纺车的嘤嘤鸣响，如同演奏一首绝妙的曲子，煞是动听。

内地一位文友居然看到了这篇文章，便心生疑窦。打电话问："棉花真的就那么好吗？你们新疆真会有那么大片的棉田吗？一望无际？我怎么没听说过啊！"我笑了，然后告诉这位朋友，棉花真是个好东西呢！而且是新疆最惊艳的一种花儿。

首一，棉花天然柔和，皮肤接触无刺激。无异味、无污染、无漂染，无任何添加物，气息清新自然，是绝对温暖、健康、环保的绿色产品。尤其对老人和儿童更为适用，是健康保暖的。

其二，棉花作为传统的保暖材料，由于棉纤维细度较细，又天然卷曲，截面有中腔，所以保暖性较好，蓄热能力很强，且不会产生静电。纯棉花在阳光的照射下，会使棉花纤维的弹性恢复，伸长，纤维中蓄热能量多。因此，经过太阳照射后的棉被厚度会明显增加，摸起来非常柔软，夜晚，盖上晒后的棉被，你会感觉到棉花里面的热量缓慢释放，使人感觉贴身、贴心的温暖、柔软，伴着淡淡的太阳的味道，让你很快入眠。

其三，棉花无寄生病菌，自然环保。棉花是纯植物纤维，无营养成分，不易滋生细菌。

其四，它绿色环保，低碳环保，属于纯天然的可再生资源。

其五，相比较羽绒被及纤维被，虽然禽鸟类羽毛被保暖性能可能更好，但禽鸟羽毛对皮肤和呼吸道有一定的刺激，并非所有人都适用。化纤棉是市面上较为常见的，但透气性能、贴身性能及舒适性能均不如棉花。由于比重较小，因此不会像棉花那样贴身、保暖。羽绒、化纤被的静电对皮肤刺激较大，造成皮肤粗糙，易引发青春痘、多梦、周身细小疥疮及神经衰弱等等青春病症。

至于新疆棉花，早已是国家的发展战略资源。

从1993年以来，新疆棉花已连续数十年获总产、单产、商品出口率、调出量、人均占有量等五个全国第一。棉花产量占据全国半壁江山。这几年，棉花及相关产业为自治区提供的税收，约占自治区全部财政收入的百分之十五，迄今为止，没有哪个产业或产品能像棉花一样，对新疆农业及农民收入带来如此巨大的影响，也没有哪个产业能像棉花产业这样在全国经济发展中占有如此重要的地位。

对新疆维吾尔自治区而言，正是棉花产业的崛起，改变了新疆农业在全国经济格局中的战略地位，这也是不争的事实。新疆棉花不仅为新疆各族农民带来了眼见为实的增收效益，也为拉动内地省区的经济发展做出了贡献。我曾在《新疆经济报》上看到有记者报道，说内地17.5万拾花工，从石河子"拾"走了7.4亿人民币。其实，媒体上刊登这样的消息已经是屡见不鲜了。《新疆日报》等主流媒体也时有报道，新疆各主要产棉区，如奎屯、乌苏、玛纳斯、阿克苏、喀什，内地来疆的采棉工用自己的汗水，都能获得不菲的经济回报。即便如此，每在棉花盛开的季节，棉农因找不到拾花工而焦急，有些人就托内地老家的亲戚招揽拾花的乡亲，然而也不尽如人意，因为好多年轻人去东南沿海打工了。阿克苏地区是新疆最大的产棉区，它的棉花产量占新疆的百分之三十五，占全国的百分之十。据业内人士估算，按照12元/公斤的市场收购价，以亩产量300公斤计算，阿克苏的450万亩（30万公顷）棉田将产生162亿元的产值，扣除每亩1500元的成本，大前年的"疯狂棉花"为阿克苏地区贡献了94.5亿元收益。原阿克苏农业局郑新明局长曾颇为自豪地告诉我，阿克苏会产生很多个百万富翁、千万富翁，尤其是承包大型农场的"农场主"们。同样，在巴音郭楞蒙古自治州，我就听说距离库尔勒市不远的一个叫作尉犁县的地方，种棉花"种出"了许多百万富翁。

巴州尉犁县属温带荒漠气候，自然条件差，每年开春时几乎天天和沙尘、烈日打交道，但丰富的光热资源却很适合棉花的生长。全县共有11万人口，其中农业人口就有3.8万人。棉花单产和总产居全州第一。作为全国四大商品棉基地之一——新疆南部棉花基地的主战场，尉犁县先后被国家命名为"优质商品棉基地县"，被自治区命名为"双百斤皮棉县"。

作为尉犁县种植业协会会长，袁建波不仅自己种棉花致富，还发挥协会的组织、带动作用，常邀请农业专家给农民讲棉花种植技术。按他的话说，只要不是懒汉，通过双手都能致富。在尉犁兴平乡统其克村六组有一个名叫卢存珍的老人，看到他时他正蹲在自家的棉田里查看棉花。古铜色的脸，花白的头发和胡须，衣着朴素，说话语气平和。大概谁也不会把这个老汉和百万富翁的称谓联系在一起。

我曾经去过两次莎车县，站在莎车一望无际的棉田里，扑面而来的那种震撼、那种别样的感觉在心里便油然而生。尽管已经过去20余年，但在我的记忆深处，仍然清晰地刻印着那一幕摇滚激荡的情形。漫山遍野映入眼帘的是白晃晃一片。这个时候正是秋高气爽的季节，那些摇摇滚滚飘向天空的棉花，他们热闹地簇拥在一起，露出欢天喜地的笑脸。棉花的花有着一种独特的美，那雪白雪白的五瓣花朵开在金秋，耀眼的银白让人心旷神怡。

莎车文化神奇且独特，不仅流传着水神共工、农神后稷为民造福的神话，而且诞生了人类非物质文明的文化遗产——十二木卡姆。如今，在这片土地上，不知道还有什么作物能像棉花这样让莎车人情有独钟呢？时任莎车科技副县长的丛东初那天陪我去看棉花，正好是个赶巴扎的日子，

路上便不断有行人和他打着招呼，有骑摩托车的、有赶马车的、有开拖拉机的，丛县长说，这些都是靠棉花收入买的；还有眼前这一排排新房，也是从棉花地里来的……总之，农民们吃的、穿的、用的，包括你所看到的乡村风景，每天的劳作，等等，无不与棉花有着千丝万缕的联系。

多少年了，广袤如银海一般的棉田，堆积如银山一样的棉花垛儿，编织着新疆农民的致富梦，成为农民最稳固的财源。

喀什有世上最美的花，最好的果，我能为他们赞誉，将他们展示在世人面前，心中涌起莫大的满足和自豪感，大美新疆！富饶喀什！

陆拾

没有结尾的结尾。

三月三号。喀什国际机场。二楼。一个大窗口。

经过一番严格安检，我已经大汗淋漓。拉着行李箱，站立二楼窗口吹风，隔窗远眺，竟觉得那扇窗正提携着一个寻常春日，也采纳一些远处的热闹。

春阳正逐渐攀缘上来，咋看都像个小偷。它是顺着墙向上爬，却不承想，会被我逮个正着。

此刻，候机楼外面那条街巷已经沸腾，流淌，绵延，伸向远处；璀璨，如仙似幻。

看见了什么？看见街巷和楼房。

高处看，街道，只一条；车辆，来来往往，却那么多。组成一条闪光的河流。河流，有时顺畅，有时堵塞。不管怎样，远处看，挺美。它们在彼处，来来往往。我，在此处，一动不动地静候登机。彼此观望，它在它那里，我在我这里。仿佛很近，一束目光足能抵达；又觉好远，的确隔着难以丈量的距离。

春去春又归。掐指一算，竟400余个日日夜夜，如今弹指一挥间。今晨，6点06分醒来，写完了《我在喀什当农民》的最后一节，在结束语里只是顺便说了"明天中午按计划回家"，但一颗心真就能一跃蹁跹飞远么？估计需要时日才能回归吧！

终于等到开始登机的通知。

一架波音737把我等带上了蓝天，喀什的影子，渐行渐小。渐渐小得像一小片林木覆着的景致，像一丸灰灰的泥团。最后，仅像一个恍惚的小点……

两小时的航行，又坐机场大巴，到我所居的钱塘江路已是下午6点多钟。手机微信有两条信息。一是努尔队长的，他仍留守曲云其等待交接。他说，老贾，记得曲云其哦！等你出版新书时，一定要给我传递信息哦！

几乎与此同时，一位名叫柳芭的俄罗斯女性博友发来消息，话不同，意思一样。说她喜欢我的乡村系列散文作品，看了《我在喀什当农民》零零碎碎的章节，觉得挺过瘾，希望我继续讲点中国的故事。这两条，对我来说无疑是一种鼓励，也是一种鞭策。

吃罢晚饭，我扔掉手头的一切出门散步，刚走到钱塘江路口，我看到通嘉商务大楼和伊犁特大酒店已经被霓虹灯装点得耀眼夺目，街上行人多了起来。在一卖烤馕的摊点上，不断有操着方言的男人或女人来买馕。馕有三种，粘着芝麻粒儿的油馕，也有用奶子做的馕，有拳头大小粘了白糖的小馕。来人先问价，大馕两块，小馕一块，先拿一个掰开塞进嘴里，嚼两口，马上笑嘻嘻告诉一起来的人，这饼子香呢！于是十几个或数十个地买了，乐得卖馕的维吾尔族小伙子喜上眉梢。

我的行进路线依然是从钱塘江路出发，走长江路，路经棉花街、伊宁路、奇台路到黑龙江路，这是我的固定路线。其实，还有许多路线可供我选择，条条大路通罗马，哪条路都能去能回，但我是个循规蹈矩的人，我只走我选定的路。而且多半时间出门不带钱，一是不用担心小偷的黑手摸我，再就是不喜欢买一些暂时还用不着的东西。需要添置什么日用商品的时候，我才会往口袋里揣一些钱，直接去超市买了就是。我从来不愿意去自由市场，不愿意和摊贩讨价还价，我以为自由市场都是尔虞我诈的地方，所以，买东西我喜欢到大的超市，起码大超市不敢明目张胆欺诈消费者。也许有，但心里能自我安慰。

依然从南向北，然后横穿马路又由北向南。走到碾子沟十字路口处，我一般会停留少许时间，望上几眼商业银行大楼上的电子屏幕，最近看到有陈道明代言的广告，尽管我早已过了追星的岁月，但对陈道明我还是挺佩服，不单是他的演技，还有他的处事风格。当然，陈道明的粉丝多的是，不缺少一个贾某，我对他，或者他对我来说，彼此都无关紧要，谁也不会影响到谁。就在他拿了一盒药品说什么的时候，在我身边不远处，突然听到一声犀利的叫喊："哎，干什么啊！这是谁家的狗？"我回头看时，原来是一只白色的狐狸狗和一只黑色的四眼狗，居然借着夜幕，在两家主人没有注意的情况下勾搭成奸，而且两只狗狗的生殖器锁在了一起。当下，两只狗狗显然受到了女人尖叫声的恐吓，都在极力挣脱，但情急之下又无能为力，一位路过的老男人告诉那女人，你不必着急啊！愈着急，它们愈难拔得出来！

白狐狸狗的女主人便对黑四眼狗的男主人絮叨起来。

你怎么看狗啊！你家那么难看的狗，居然占我家小贝的便宜，真不要脸！

四眼狗的主人是位穿戴整齐的中年男人，开始时只是笑，听女人说出"不要脸"三个字后，就不高兴了。问女人，到底是谁不要脸了？你好好地牵着狗溜达，干吗看到我家黑四了，却给你家的狗解了绳子？

女主人提高了嗓子，啧啧两声说，看你狗那德行！你以为我家狗狗看上你家狗狗了？告诉你吧，我家贝贝是想撒尿了才解开它的。正吵吵时，过来一位戴袖标的女人劝他们别吵。到了这会儿两只狗已经分开，它们全然不顾主子的愤怒，居然偷欢后在一旁嬉闹起来。狗的主子见此情景，这才各自抱了自家的狗狗，分开了。

有两个女人从此路过，其中一个嘴巴朝地上"呸，呸"两下，说，真倒霉！咋就遇到这么不吉利的事儿？另一个笑了，说看你迷信，狗和狗搞

情况，与人有关?！

　　我开始往北走，在五一星光夜市，一个操河南口音的老年男人迎面走来，他拦住我，说了两句话，就带了哭腔。一家建筑公司的老板欠了他的钱，工钱。他在那公司做小工，搬砖头什么的，现在，他只想买一碗面吃，兰州的牛肉面或岐山的臊子面，仅需六块钱，多了他不需要。我截住了他的话，我说，建议你别这么问人要了，掏几块钱买把刷子，再买只鞋油不如靠自己体力给人擦鞋挣钱呢！

　　我想，我说的这些话儿应该合情合理。我没有胡说八道，我说的是实话，在这座城市，擦鞋的人不少，男的女的老的少的都有，我就见过一位四川籍的擦鞋女，她坐在马路边上给人家擦皮鞋的工夫，竟掏出一款比较高档的手机与某个人聊天，那神情，泰然超然怡然。当然，眼前这个老年男人，他可以把我的话当作耳旁风，左耳进右耳出，听而不闻；他还可以继续寻找下一个目标进行拦截，用同样的理由去求人施舍。他也不会因为我的建议而放弃自己的生活方式，他近乎固执地相信，总有一个人、一群人会在这条街上等着他，等着他的哭诉，然后给他六块钱，抑或一块、两块、三块，然后找个地方先吃顿饱饭，睡个好觉，天一亮，新的一天又来了，今日复明日，一天天又一天。

　　再往前走，就是东方花园了，我曾在《看楼》里提到它。园内有灯光娱乐广场，每天我都会拐进去溜达一圈。许多人在那里跳舞，居然两支队伍，跳着慢和快不一样的曲子，多半都是女人，老中青都有，随着音乐翩翩起舞，脸上个个带笑，很整齐，很优美。灯光把她们的影子铺在水泥地上，弯腰，伸手，踢腿。她们周围是三三两两的孩子，男孩女孩，脚踩闪光的滑轮，穿梭不停。走出院子，门口有一帮男人下象棋，下象棋的人少，看下棋的人多，输棋的人给摊主钱，看下棋的人基本上都成了诸葛亮，有人起哄，也有人跟着起哄，我一般不看，很快就走过那里。

　　快到棉花街出口了，一女子很妖娆地站在路灯下等人，手里拎着小包，我走到她身边的时候，她把身子转过去了，没看清她的模样儿，有点遗憾。不远处一小商店门"吱"的一声开了，闪出个穿睡衣的男人，跑到了女子身边，扯住了女子的胳膊。女子甩着胳膊，没甩掉。手却滑到了男人手里，男人的另一只手递过去，我看清了是一百块钱，女子就接住了，但很快用力地把钱扔到男人的脸上。我心里莫名其妙为这个女子叫好，这个时候，我看到男人抬起脸，环视四周，他看到了我，我把目光移开，我也希望那个女子赶紧走开。

我不能再呆立在那儿了，快步走到长江路口，一推车叫卖水果的女人在叫卖台湾火龙果，十块钱四个，买不？现在便宜了。她冲我说，好像我该捡她的便宜似的。我摇头，没有兴趣。

"永红！"有人叫我。回头看时，原是好多年前认识的一位朋友，一时又叫不出他的名字。记性不大好，看人常觉得熟悉，又想不起名字，很尴尬。当下，我心里，有些五味杂陈。他倒是不生分，又握手又拥抱，倍感亲切。朋友说前段时间给你单位打过几次电话，说你去喀什驻村了。我说是的，他问，是休假还是回来不再去了？我说不再去了，驻村工作告一段落，再说，今年到退休年龄了。

翌日，坐在家里考虑写这个结尾时，仍没有去单位，仍在钱塘江路口没有负担地逛着，如仲春的风，或风吹起的某片树叶。心思有些寥落，但也安宁。春风吹透的年岁，走过看过的人事，皆可于心，也几乎不用于心。恰如，喀什东湖那边雁叫了一声。风姿绰约的首府春天，就在周遭和我打着招呼。

微思录

浅说人生

人生是个大话题，我只能浅说。

关于人生，其实有很多个版本。有人说，人生如车，或长途，或短途；有人说，人生如戏，或喜，或悲；有人说，人生是条无名的河，是深是浅都要过；有人说，人生是杯无色的茶，是苦是甜都要喝。有人说，人生是首无畏的歌，是高是低都要和。可能还不止这些，譬如说人生像一条河，上游是童年，宛如美丽的小溪清澈见底，欢歌笑语奔流而下；中游是中年，有瀑布有暗礁，有曲折也有流畅；下游是老年，有污染有浑浊有沉淀，回归大海，有平静有辽阔有宽容也有博大；还有文人们的浪漫一说，说人生就像一道风景，是一首写不完的美丽之诗，是一支唱不尽的动听之歌，是一幅赏不够的迷人之画，是一束嗅不尽的芳香之花，是一本读不完的情感之书，真是罗曼蒂克得了得！

究竟怎样的一种人生才是最恰当的呢？我以为，答案其实是在每个人心里。

想想看，人这一生最大的收获不就是"满足"二字吗？每个人都希望自己有所获得，有所成就。什么是获得？要是能满足你不满足的，就是睡在天堂也如地狱；假如你满足，地狱也如天堂，所以满足是最大的收获。人生最大的能源是信仰。我们常说要开发能源，能源不一定是指山中的矿产、海底的珍宝；也不一定是指天然气、太阳能，人生最大的能源是我们的信仰。正确的人生观就是奉献！就是能够不忘初心。如果你是一棵大树，就撒下一片阴凉；如果你是一泓清泉，就滋润一方土地；如果你是一棵小草，就增添一分绿意。如果你是一颗星星，就点缀一角夜空。如果你是一片白云，就装扮一方晴空。

很多事，过去了，就注定成为故事；很多人，离开了，就注定成为故人。生命中的故人，积攒的故事，这些都是历练。人就是在历练中慢慢成熟的。一些事，闯进生活，高兴的，痛苦的，时间终将其消磨变淡。经历得多了，心就坚强了，路就踏实了。

我愿大家在自己人生或长或短的路途上，能轻松地对待自己，微笑着对待生活！还要学会一点人生的哲学，譬如：别人的缺点不要去宣扬和放大，自己的优点不要天天去欣赏和欢呼。切记：心小不容蝼蚁，胸阔能纳百川。如此甚好！

把心放平

最近和几位友人在一起品茗，他们给我说，在微旬刊《大文坊》中看到你写的乡村生活很过瘾，也很是享受。问我：你是如何对待日常生活中那些琐碎的事物的，如果遇到那些烦心事儿该怎么处理它？我想了想说，人在红尘，各种各样的干扰谁也避免不了，唯有把心放平，人才会活得坦然，活得舒畅，活得快乐，活得安静，活得自然。

想想看，人生不过百年，得失宛如云烟，转眼风吹散。永远不要为已发生的和未发生的事忧虑。道理很简单呀！已经发生既成事实忧虑也于事无补，未发生的凭主观臆测，你也无法推断事情的走向，徒增烦恼而已。诸多的放弃，为何总去后悔；诸多的结局，为何依然回忆；诸多的诸多，成了解不开的心结。其实，伤心了，最终伤的是你自己的心；难过了，只

会让你的心灵更脆弱。人生只有回不去的过去，没有过不去的当下。离去的终要离去，哪怕靠得再近也无济于事；相依的总会相依，哪怕远隔千里也能惺惺相惜。所以别和事过不去，累的只能是自己；更别和心过不去，难过的只有自己。怎么办？把心放平，把心放轻。人间三千事，淡然一笑间。

茶，有人生的滋味；酒，有心情的体会；过去与未来交替，迷失的是岁月的相会，世界就是这样，阳光与黑暗同在，美好与丑陋并存，我们要学会不只是生活在阳光下，也要学会生活在阴暗里。快乐或痛苦，如烧至尽头的香灰，终会落下。人生无常，人心善变，何必为那些是非恩怨纠结？看淡了，是是非非也就无所谓了；放下了，成败得失也就那么回事了。要知道世界就是这样，我们无法去选择，也无力去改变。我们置身其中，更多的是去适应，在这样一个世界里，只有把心放平或放轻，少一些无奈与感慨，多一份从容和淡然，保持一颗平常心，不要有那么多奢望，放下心里的包袱。

做一个平常的人吧！你会轻松得多，快乐得多。

做一个简单的人吧！踏实而务实。不沉溺幻想，不庸人自扰。就让我们在时间中平静，在岁月里老去。

话点到此应该打住了，但觉得还是再啰唆一句：人字虽然只有两笔，一撇一捺，但却不好写啊！这两笔内涵丰富，哲理深奥，有一笔写不好，那便是人生的败笔。是不是这个理儿？大家来琢磨。

如水甚好

孔子曰"智者乐水"。老子曰"上善若水"。禅语曰"善心如水"。我曰"如水甚好"。

人在世上不顺多，当学水之能潜、能涌、能流、能奔、能升、能降，灵活、善变，适境而生，适境而居，善待一切，不妄求环境适应自己，而善使自己适应环境。

简单地说，要踏实而务实，不沉溺幻想，不庸人自扰。时间是距离也是宽恕，让一些东西更清晰，让一些感情更明白，让一切都趋于平静。生命中总有那么一段时光充满不安，可是除了勇敢面对，我们别无选择。人要的不是呼风唤雨的能力，而是淡看风云的胸怀。如水，貌似柔，实则强；水虽柔，但可克刚。滴水久之可穿石，流水载歌载舞，可使棱棱角角的石头日臻完美，变成鹅卵石。

水中有道。意自有水流之道，只要顺此道而游，并不需要自己的意志，这叫顺其自然。"水止则能照"蓝天、草木、万物；"水静柔而动刚"，水绝不怨天尤人，只怀一颗善心、平常心。

人生处世当如水，善待一切，灵活、善变，不妄求环境适应自己，而善使自己适应环境。具体就是：可以改变的去改变，不可改变的去改善，不能改善的去承担，不能承担的就放下。

平淡并不可怕，可怕的是戴着面具，活在虚荣的梦幻里。活得真实点，活得简单些，对就对了，错就错了，爱就爱了，恨就恨了，笑就笑了，哭就哭了，不虚伪，不做作。

化繁成简，举重若轻，这是东方人的智慧。人们为何折服于水？因为流水不腐。水之流动，周而复始，无论如何变化，都永不消失自我。水在流动中吐故纳新，方能保持活力之源。

给自己留白

"留白"，这是画界常用的一个专业术语，但我以为，这个词语恐怕不只为画界独拥吧？它更多的是体现了一种意味，形象地比喻，就是人们常说的那种"只可意会不可言传"，当然，还可以把它看作一种"禅"，这也是先哲们给后人留下的人生启迪。

还是且看"禅"说吧！依"禅"之意来诠释，人生之所以需要留白，都是这个"留白"处能趣味横生。什么意思呢？看似空白并非什么都没有，干干净净。就像文学，某些地方，即便是不写那个字或那行字，然言有尽而意无穷矣！

贾某有几个画家朋友，有时候会和他们在一起品茗，亦曾讨教过关于"留白"，依朋友的意思，在中国画里，差不多同行都会使用"留白"手法，这就是所谓"计白当黑""以无为有"。通俗的说法是怎么讲的？就是匠心独运地在画面上留以空白。如果留的那个"空白"恰到好处，一定会有人为你啧啧称赞！宋献涛在新疆的时候就和我讲，说高明的画家，都会在自己的画幅中，留一处引人冥思遐想的地方供人玩味。

2000年我在创办《西部童话》时，献涛就赠我一组梅、兰、竹、菊的写意画，我把它们挂在客厅，敲字敲累了，我就离开电脑去客厅欣赏那组画，不只我觉得好，也常有人来我家看到画就啧啧赞叹。说这才是神来之笔。怎么个神呢？看似不经意间，却是引人入胜处。这好比我们常说的那种"有心恰恰无"。"留白"应是"无"的表现罢！

哲理中有"道以无为大，大而无所容"，说的也是这个道理。

金无赤金，人无完人。这是人生的经验之概括，也可以说是放之四海而皆准的真理。在现实生活中，往往睿智的人，不仅要给自己留一点空白，也会给他人留一点空白，这就是《增广贤文》中诠释的"以度己之心度人"的意思。"文革"结束那年，我还在军中服役，不知谁传来一本《增广贤文》的手抄本，那本薄薄的册子对我来说吸引力太强了，特别是先哲们说的那些经典的句子，尤其让我为之倾倒。我一遍遍地读，甚至还抄到笔记本里，每天都会翻看，看多了才发现我们的生活原来是那么有滋有味、丰富多彩啊！所以，人活在这个世上，各种各样的事情都会遇到，遇事儿莫怕，但要辩证地去认识，要尽量在遗憾中去体味人生的道理，明白人生的意义。这也是我为什么要给自己网名取"原应有叹"。

举个事例来佐证我说的这个理儿。咱就说维纳斯雕像吧！大概知道的人应该不在少数，它是最具代表意义的一件艺术珍品了，恐怕没有人不承认维纳斯雕像的无与伦比，但你知道吗？恰恰是因为它的不完美，却让人觉得它是多么美啊！不仅让人看到了它的韵味，也看到了它的纯洁，让许许多多的人因它而陶醉……

在现实生活中，人们往往追求一种完美，为了这种追求，有人甚至极其苛刻，使自己陷入某种困境，压得喘不过气来。但依贾某之见，其实任何的完美都是相对的，这个世界上根本就没有真正意义上的绝对完美！

鉴于以上所说，我建议要给自己心灵留一点空白，让自己有喘气的时候，摆脱各种烦恼、压力，不让快乐、生气过来侵蚀自己的灵魂，让自己静一下，什么都不想，也许是最好的一种休息方式。

世界很大，那不属于我，知道自己不是个完人，所以不必过于严苛地要求自己。我知道，自己的缺点也许还不少，但不必陷入苦恼之中，太完美的事儿如登天，何必费那功夫！所以，我要学会尽情地欢笑，学会愉悦自己的精神，潇洒地过好自己的未来。

过去已过去，未来还没来，还是活在当下吧！人做任何事情都不能太过于绝对，留一点余地给自己，其实就是留一点空白给自己，好让自己有回转的余地。过于绝对，只能害了自己，留一点空白，让自己有回旋余地，这才是最正确的选择！

人生本就原应有叹，酸甜苦辣就在其中，既然任何事儿都不可能一帆风顺，那何必强求他人或自己呢？所以，给自己留白，在淡泊之中悟出人生的真谛。宠辱不惊，看庭前花开花落；去留无意，望天上云卷云舒；揽一分诗意，留一分淡定，多一分睿智，生命方能如诗如画。

后记：面朝大地，春暖花开

　　四年前，我曾在给新疆维吾尔自治区党委组织部编辑"访惠聚"丛书的后记里，用了这样一个相同的标题。其实，这几个字出自朦胧诗人海子的一首诗，应该属于经典名句，之后，很多人就拿来引用。但都是原题照搬。"面朝大海，春暖花开"，这么引用也没有什么不妥。去南疆驻村，深入基层，人民群众不就是一片汪洋大海吗？但我总以为，我是要去田野、去村庄，应是去与大地同呼吸，这么想，我就改作"面朝大地"了。

　　丙申年初春，寒冷的日子尚未退却，而蛰伏在泥土里那些众多微小的生命，正等待着春回大地时被唤醒。这个时候，我所处的乌鲁木齐，远近处仍有积雪在渐渐地融化。毕竟是春天了，泥土就是泥土，它有着本来的颜色，君不见大地的舌苔上正涌动着生命的话语，那些生长在大地上的植物也都在悄悄地向世界发出复苏的声音。这不足为奇，因为有声音也是人之本源的需求。

　　庆幸的是，在我人生即将下马歇鞍之时，还能有机会去南疆一个名叫曲云其的维吾尔族村庄寻根。之前，也不是没有机会，在自治区党委开展"访惠聚"之初，我就毫不犹豫地向厅党组报了名，然而在等待出发时，时任自治区人民政府秘书长的王绍宁同志却邀请我参加一本书的撰稿。记得厅党组书记把我找去，告诉我，你有一个特殊任务要完成，到南疆驻村的事儿，肯定是不能去了，待有机会再作安排吧！这么一等竟是两年。

感谢2016，机缘真的就这么来了！

"面朝大地，春暖花开。"现在，一切与土地相关的事宜，就真真切切地在不远处向我、向我们发出召唤。泥土在我们之外，耸立；泥土也在我们内心，沉淀。我们的双脚，在这个春天迈向南疆，迈向一望无际的田野。而于我个人来说，我只是十万大军中间的一员，我注定要用我的文字来抒写关于土地和村庄的事物，让文字凝结无数人的足迹与大地成为一种鲜有的力量。

感谢农业厅党组给了我一次聆听大地声音的机会！

踏进曲云其村，我就情不自禁了，人徜徉在曾经熟悉的乡村。似乎还能闻到泥土刚翻过的那样一种独特的清香，而这种感受，大概只有在村庄生活过的人才会有。大约一个月之后，新华社《新华观察》杂志主编约我写稿，我就写了关于曲云其村的第一篇文字——《曲云其的春天》，杂志刊出后，我和总编说还想在接下来的日子续写《曲云其的夏天》《曲云其的秋天》，总之，一个季度出一篇，皆是关于我在乡村中一些季节的观察和感悟，但在写完夏天的故事之后，我却改变了最初的想法，主要是不想为了做文章而去写，而是要把乡村生活的点点滴滴，用真情实感，尽量记录下来，写一部长篇纪实性文字。然后，让乡村一些感动人的故事，去鼓舞人，带动人。我有理由相信，这些面向泥土的零零碎碎的文字，无疑皆会因其纯朴和真诚，而叫人着迷，而振奋人心！以至于使我从那一刻起，竟不能自已了，除了吃饭和睡觉，我几乎把自己的全部身心和精力都投入其中了。

我要说明的是，《我在喀什当农民》它绝对不是小说，从严格意义上讲，也算不上是一部纯散文。是什么其实都不重要，重要的是，这些都是我耳闻目睹了的真实生活，属于从心底涌出来的真诚的文字。我不在意它算否文学，但我坚持文字的内在意蕴、情感，以及语言的运用，相信它能

够达到与文学同等的品位。有鉴于此，我敢保证《我在喀什当农民》这部长篇纪实散文的文字里，完全是我自己的真情实感。

石蕴玉而山辉，水怀珠而川媚，人性中最本真的东西，是文字焕发光彩的源头活水。现在很多所谓的文学创作，实际上是受到了污染。人事丛脞，人生多故，兴衰荣辱，转烛盛衰，使人戴上了厚重的人格面具，写文章成了写面具。说到底，这实则是文字的异化，也是文字的一种悲哀。所以，在《我在喀什当农民》这部长篇纪实里，我必须尽力剔除以上种种，在记录乡村这些零零碎碎的文字过程中，我也选编了部分篇章刊在微旬刊《大文坊》里，出刊后亦被国内一些文学期刊选载，而且影响深远，引起广泛关注，阅读量累计数以万计。

我以为，这些不像文学的文字之所以能广受读者欢迎，至少说明了文字的真诚和真实，说明了它的脱俗和清新，起码它表达了笔者对读者情感的自然和真挚。我想，这所有的努力都是为了和那些"伪文学"来区隔的。而篇中的记事或记人、记趣或记情，无不表达了我们驻村干部的真心实意，那一丝丝一缕缕的关爱，蕴含了驻村干部人性的美好和爱的温润。不虚伪，不作秀，心态阳光，真诚坦率。这种坦率和真诚，都是心田中汩汩流出的情愫，自然真切，委婉动人。老实说，这种没有人格面具的书写，就是我笔记我心的写作态度，贯通在整本书中，成为《我在喀什当农民》的一个重要特点。实际上文字情感的真切也罢，思想也罢，并不能穷尽文字之妙。如果注意发掘生活中饶富情趣的事件来加以铺陈，尽量做到这些真情实感不是刻意，让生活中的况味自然流露，这也是笔者的写作追求。

一路走来，曲云其四百多个日日夜夜，心里满满当当皆是感激。感谢朝夕相处的诸位队友，我们同在一个屋檐下感受季节的变换，休戚与共，彼此鼓励；感谢中外文友对我文字的关注与鼓励，使我除了加倍努力而不敢懈怠；感谢农业厅方侠副厅长对我创作上的提醒和鼓励，使我没齿难忘！最后还要感谢我的茂谷兄弟力荐，感谢负责图书出版的孙春光老师，以及北京的戴佩丽老师。感谢诸位对这部书的出版所给予的诸多帮助！

岁月沉浮，弹指一挥间。这一路虽然也走得磕磕绊绊，写写停停，但也收获了20余万字的成果。看着这些稚气却饱含真情的粗浅文字，这也是我——作为一名长久在机关工作的公务人员驻村生活的真实体悟，是对自己生命历程中最富意义的一段经历的真实记录。敝帚自珍，权作送给自己乡村生活的一个纪念。我想，也可以是献给自治区农业厅参与驻村"访惠聚"工作的所有同仁对贾某写作期许的一个慰藉。

岁月流年，韶华易逝。我还要说感谢文字！是它让我这一生内心丰盈，而我的生命也因文字才觉得有了意义。在我生命的所有履历中，即便经历过艰难困苦，现在都已化作风尘，遁迹无影。

怀着虔诚与感恩，我愿与大家一起一路前行。

——面朝大地，春暖花开。这是我所期待的，想必也是大家所追求的。

作者于2019年6月28日